JN166773

メディアワークス文庫

夏の終わりに君が死ねば完璧だったから

斜線堂有紀

弥子《やこ》さんと過ごした時間には一銭の価値も無いのに、彼女の死体には三億円以上の価値がある。

大切なものは目に見えないことが多いので、僕達《ぼくたち》はどうにかして想《おも》いや関係を形にしようとする。例えば結婚指輪なんかはその典型なんじゃないだろうか。

叶《かな》うならば、僕は弥子さんへの気持ちを、一つの大きな結晶にしてしまいたかった。そうすればきっと、こんなことにはなっていなかっただろう。

僕の押している車椅子には三億円が座っている。今の弥子さんは僕に笑いかけることも、一緒にチェッカーをしてくれることもないけれど、それでも、そういうことをしてくれた弥子さんよりずっと価値がある。

それがどうしようもなく悲しい。

夜道を歩きながら、今までのことに思いを巡らせる。

今ここに居ることが本当に間違っているのか、それとも正解なのかを考える。弥子さんと出会って、僕は沢山の間違いを犯してきた。けれど、正解だって多少は選んできたはずだ。

僕と弥子さんが夏を捧げたチェッカーというゲームは、一手一手が大きな意味を持っている。一回のミスが戦局を左右することもあれば、十数回の正解がそのミスを掬《すく》い上《あ》げてくれることもある。

僕と弥子さんの今までもそうだ。それに、どれが正解でどれが過ちであるかすらも分かっていない。

僕は弥子さんとの思い出を回想する。その間も、決して歩みを止めずにただただ歩き続ける。

▼144日前

最初の間違いは、僕が昴台《すばるだい》サナトリウム——とある病気の為《ため》に建てられた特別な療養所——に隣接する道を通ったことだった。昴台分校から僕の家に帰るまでの道は数本ある。他のところを使っても良かったのに、その日に限って、僕はその道に足を踏み入れた。

僕の暮らす昴台は山に囲まれた小さな集落で、人口は千人程度。都会に比べたらあまりにささやかな場所だ。

そんな昴台の中でも、一際人通りが少ないのがこの道だった。サナトリウム近くの細道。入院患者がここに居る時なんかは特に、この道は使われない。

それはサナトリウムに対して昴台の人々が自然と距離を取っていることの表れなのかもしれない。あるいは、サナトリウムを囲う塀の有様《ありさま》に何となく気後れしているからかもしれない。いずれにせよ、ここの人通りの少なさは他に比べて群を抜いていた。

昴台サナトリウムは、かつては白い壁に囲まれていた。今は落書き塗れの壁に囲まれている。

これもそれも住人たちがせっせと芸術活動に勤《いそ》しんだ成果だ。そのお陰で、サナトリウムの内と外を分けるのはけばけばしいグラフィティーアートだったり、デフォルメされた犬だったり、あるいは巨大な鯨だったりする。僕は塀に描かれた鯨をじっと睨《にら》みながら、小さく息を吐いた。

サナトリウムの東側の塀に泳ぐこの鯨は、空気を読まないサイズで悠然と落書きの海を泳いでいた。黒々とした身体《からだ》が遠目で見てもよく分かる。

この鯨については、以前少しだけ話題になった。昴台に来た記者が、気まぐれに写真を撮り〝奇病専用終末医療病棟の癒《いや》し〟として記事にしたのだ。

その記事の中で鯨は『二月の鯨』という名前を付けられて、抒情《じょじょう》的な話の添え物になったのだけれど、結局は単なる炎上の種になった。〝奇病〟という表現と〝終末医療〟という表現が問題になったのだ。

その病を奇病の二文字で済ませてしまうのはあまりに配慮が無いし、ここに入院する患者は治療の最中だ。たとえ治る見込みがまるで無い病気であったとしても、初めから受け入れたような表現をするべきじゃない。

そういうわけで、雑誌が二月発売だったというだけで付けられた『二月の鯨』は、外のことなんかちっとも知らない顔をして、今日も高い塀の中を泳いでいる。

その鯨の鼻先には『金塊病《きんかいびょう》の患者の受け入れを断固拒否』『サナトリウム反対　美しい昴台を取り戻す為に』というビラが貼られていた。大きなキャッチコピーに、サナトリウムへの誹謗《ひぼう》中傷が書き連ねられている。

僕は数秒だけそのビラを見つめてから、ゆっくりとそれに手を伸ばした。

その瞬間、強い風が吹く。剝《は》がそうとしたビラの一枚が勝手に剝がれて、木立の中に消えていく。そして、伸ばした僕の手は別のものを摑《つか》んでいた。

朱色のマフラーだった。

「……マフラー……？」

今は四月の頭だ。日差しも段々温かくなってきたし、もう少しすれば上着も要らなくなるだろう。加えて今日は絶好の散歩日和だ。こんな日にマフラーが必要であるはずがない。そもそも、このマフラーは何処《どこ》から来たんだろうか？

「そこの君」

マフラーの出所を探すより早く、涼やかな声に迎えられた。

「ナイスキャッチだね。拾ってくれてありがとう。よければ返してくれるかな」

声のした方に目を向ける。

「そう、こっちだよ。ようやく見つけてくれたね」

塀の上に長い髪の女の人が座っていた。入院着から覗《のぞ》く、抜けるように白い首筋を見て、なるほど赤いマフラーが似合いそうだと思った。手には、春の陽気に似合わない黒い手袋が嵌《はま》っていた。

控えめに言って綺麗《きれい》な人だった。カラフルな塀を椅子代わりにしているのも含めて、酷《ひど》く幻想的に見える。

「……サナトリウムの、人ですか？」

その空気にあてられて、馬鹿げた質問をしてしまった。

「そうだよ。私は中の側の人間さ」

それに対して、その人は悪戯《いたずら》っぽい笑顔で笑う。綺麗な外見に反して、目を細めて笑う姿は随分子供染みていた。そこでようやく、手にあるマフラーの感触を思い出す。

「そうだこれ、これ……」

僕は必死に赤いマフラーを持った手を伸ばす。けれど、その人はマフラーを取ろうとしなかった。戸惑っている僕に対し、ますます細まった目のまま笑っている。

「返したいなら私の病室まで来てよ。普通に入れてあげるからさ」

「……僕はそこに入る資格が無いので」

「病気は通行証じゃない」

そう言って、いよいよ楽しそうに彼女が笑った。

その言葉で僕は目の前の女性が件《くだん》の奇病であることを察する。そして、昴台の人たちの噂話《うわさばなし》が正しければ、この女性は今現在唯一の入院患者であるはずだ。

「病人に見えないですね」

「おっと、病人だって塀にくらい登れるよ。ついでに言うと、そのマフラーは結構お高いものだから、投げるなんてことはしないで欲しいな」

そう言うと、不意にその人の姿が塀から消えた。ややあって、鯨の向こう側から声がした。

「私は都村《つむら》弥子！　遠慮せずに弥子さんって呼んでくれるかな！　受付で私の名前を言ったら、多分通してくれるよ！」

「……マフラー投げますよ！　受け取ってください！」

「ううん、君は誰かのものを粗雑に扱うようなタイプじゃないさ。それじゃあまた後でね！」

弥子さんの声が次第に遠ざかっていく。この距離では、マフラーを投げたところで届かないだろう。本当に投げてやろうと思っていたのに、見るからに上等な生地であるのを見ると、どうしても出来なかった。

とんでもないことになった、というのが最初に覚えた感想だった。出会って数分で僕の性分を見抜いた弥子さんは、どういうわけだか一番効果的な貸しを僕に押し付けてきた。高いの一言でマフラーを土塗《つちまみ》れに出来なくなる自分が悲しい。どうするべきか迷った末に、マフラーを鞄《かばん》の中に押し込んだ。忘れないように、残った反対ビラも剝がしてポケットに入れる。

家に帰ると誰も居なかった。無人の家に耳障りな音が響いている。

家の古いプリンターは、印刷をする度に悲鳴のような声を立てて軋《きし》みを上げた。そのまま壊れてしまえと心の中で思っているのに、プリンターは律義に仕事をこなす。気の遠くなるような時間をかけて、プリンターは一枚のビラを吐き出すのが見えた。ビラには、鮮やかな明朝体《みんちょうたい》で『金塊病患者新規受け入れ反対！』の文字が書かれている。

僕はポケットから丸まったビラを取り出すと、そっとゴミ箱に投げ入れた。

新しく昴台の村長に就任した一籠徳光《いちかごとくみつ》は、自分の任期中に昴台の財政をプラスにすると言い切って、実際にそれをやってのけた。一籠徳光がこの村を救う為に造ったのは、国内三つ目になる金塊病専用のサナトリウムだった。

昴台の美しい自然と有り余る土地は、真っ白い箱を建てるのに素晴らしく適した土地だった。勿論《もちろん》一籠徳光以外にもこの空間を効果的に使おうという人間は沢山《たくさん》居た。

それでも、ちゃんと昴台を活用出来たのは彼一人だ。彼は時流を読んでいたし、需要についても知っていた。昴台に必要なものは巨大なライブ会場でもなければ、新進気鋭のアーティストが建てた銅像でもなく、政府からの助成金がたんまり支給される特殊な病院だとちゃんと理解していたのだ。

その当時『金塊病』と通称される病に罹《かか》った患者は国内に七人も存在した。政府はこの病気を極めて特殊な難病に指定し、専用の収容施設を建設すると宣言した。

先見の明のある一籠徳光は真っ先に候補地として昴台を挙げ、とんとん拍子に『昴台サナトリウム』が建設された。この時代錯誤な集落の中で、最も新しい施設だ。

こうして七人の患者の内、二人が昴台サナトリウムに送られることになった。金塊病を研究し、金塊病を治療する為の専用施設、あの白い壁の中に送られた。これが大体僕が分校の四学年の頃の話だ。その後も昴台サナトリウムは継続的に患者を受け入れ、その度に昴台の経済は回る。

あの頃にはまだ塀に落書きはされていなくて、その代わりに『サナトリウム反対』『即時撤退・子供たちの未来の為に』というビラが白いその場所を覆っていた。

だから、母はかれこれ四年も昴台サナトリウムに対する反対運動を行っている計算になる。

＊

七時過ぎに母親が帰って来ると、俄《にわ》かに緊張した。マフラーはクローゼットの奥深くに隠したから、まずバレることはない。それでも用心するに越したことはない。自分から一階に降りて行って、上に踏み込まれないようにする。

僕の姿を認めた母親が、不快そうにこちらを睨みつけた。そして、吐き捨てるように言う。

「北上《きたがみ》さんは？」

北上さん、というのは僕の義父にあたる人だ。

「まだ帰ってない……みたいです」

僕がそう言うと、母は不満げに鼻を鳴らして食卓に着く。それに合わせて、僕は台所に入り、母親の分の冷凍うどんを作り始める。北上さんが居る時は北上さんが作ってくれるけれど、今日ばかりは仕方がない。

うどんを茹《ゆ》でるのに合わせて、自分の分の冷凍パンを解凍していると、北上さんがのっそりと台所に入って来た。まだ四十代だというのに、その姿はすっかり老け込んでしまっている。

痩《や》せこけているのに目だけがぎらついている様は手負いの獣のようだった。きっと僕も変わらない風体をしているだろう。僕ら二人が居ると、台所は小さな飼育小屋のように見える。

「……ああ、日向《ひなた》くん、これ」

北上さんは手に持った紙袋を持ち上げて、小さく笑った。

「橋川《はしかわ》さんのところの畑を手伝って来たんだ。その代わりにほら、米と野菜も貰《もら》った」

「ありがとうございます」

「いいや、こんなの大したことじゃない……」

言いながら、北上さんが冷蔵庫に形の悪い野菜を収納していく。

北上さんは母親の再婚相手で、元々は昴台の住人ではなかった。初めて紹介された時の北上さんは、今のような獣の顔じゃなく、理知的な印象のするちゃんとした人間だった。物心つかない頃に父親を亡くしていた僕は、それはもう期待した。

北上さんも北上さんで、僕に本を買い与えては嬉《うれ》しそうに笑っていたのを覚えている。この家にある蔵書は、殆《ほとん》どが北上さんが持ち込んだものだ。

北上さんは昴台の過疎と経済問題について心底憂《うれ》いていたようで、母親と僕の暮らすこの場所をどうにか活気溢《あふ》れるところにしようと必死だった。勤めていた有名企業を辞めて、北上さんは昴台を拠点にした振興事業を始めたのだ。

僕も母親も北上さんのことを応援していた。

それだけで全部が上手《うま》くいけばよかった。

結論から言うと、北上さんの興《おこ》した事業は悉《ことごと》く上手くいかなかった。昴台の特別な地酒を造るとか、あるいは昴台で採れる農作物を県外にどんどん広めていくとか。言ってしまえばありきたりな施策だ。それでも、北上さんは本当に昴台を盛り上げていきたかったのだろう。

北上さんの作ろうとした〝昴台ブランド〟は根付かず、昴台は山向こうの三鳥内《みどりだい》地区に吸収されようとしていた。昴台の人々は、それを受け入れて暮らしていた。焦っていたのは北上さんだけだ。

結果的に昴台に最も活気を与えたのは、昴台サナトリウムの建設だった。

その頃の北上さんは広げた風呂敷《ふろしき》の殆どを畳まされていたけれど、それでもまだ諦めていなかった。貯蓄が底を尽いてもなお、北上さんは折れなかった。国内三つ目の大型サナトリウムの建設が決まるまで、北上さんは昴台を諦めていなかった。

そして昴台サナトリウム建設説明会の日に、北上さんはぽっきり折れた。

「もう駄目みたいだね」

その言葉と共に北上さんはすっぱり働くのを辞めて、部屋からも出てこなくなった。

その日から僕らの家計を支えるのは生活保護の金とＮＰＯから支給される冷凍のパンになった。そのわずかなお金も、母が一身に行う『活動費』に溶けて行った。

「日向くんもパンだけじゃなくてちゃんと食べた方がいいよ」

そんな北上さんの言葉で我に返る。うどんはすっかり伸びてしまっていた。慌てて鍋の中身を丼に空ける。

「いや、今日はそんなにお腹《なか》すいてないので……」

「そう」

それだけ言って、北上さんも自分の分のパンを取り出した。

「申し訳ないね、こういう生活をさせてしまって」

北上さんは時々思い出したようにそう呟《つぶや》く。

それでも、北上さんはもう一度働く気にはなれないようだった。こうしてたまに余《よ》所《そ》の家の畑を手伝ったりはするけれど、新しく何かを始めるということが出来ない。

こういう時に何と言っていいか分からなくて「大丈夫です」とだけ答えた。

折れてしまった人間に掛けられる言葉なんて殆ど無い。

その時、リビングにあるテレビから甲高い笑い声が聞こえた。

母親は、こうして僕達が会話している時だけテレビの音量を無言で上げる。それに合わせて、僕と北上さんは示し合わせたように会話を止めた。

伸びたうどんとケチャップを掛けたパンを食卓に運ぶと、居心地の悪い食卓が始まる。無言でパンを食べる僕を睨んでから、母が大きく溜息《ためいき》を吐いた。

「それで、今日は何処《どこ》に行ってたの？」

これは北上さんに対する質問だ。北上さんがさっきと同じ説明をすると、母は小さく舌打ちをした。

「橋川のところは最初にサナトリウムに屈した乞食《こじき》でしょ」

苦々しく母が吐き捨てるのに合わせて、北上さんがもう一回り小さくなった。

「……橋川さんのところでお米を貰ってきたから、しばらくはそれで凌《しの》げると思う」

「分からないの？　それが汚染されてるかもしれないでしょ。あっちからしたらこっちは敵なんだから」

それでも、母は橋川さんのところから貰った米を食べるのだろうな、と心の中で思う。

「あのね、違うの。国は大切な事実を隠している。あそこに収容されているのはね、病人なんてもんじゃなくて、国の保有してる生物兵器なのよ。あれを撤去しない限り、昴台はおぞましい実験場にされる」

母が滅茶苦茶《めちゃくちゃ》な陰謀論を語り始めたのに合わせて、北上さんがそっと視線を外した。こういう時の北上さんは殻に籠って、じっと嵐が去るのを待つ。

その時の僕はといえば、今日出会ったばかりの弥子さんのことを思い出していた。およそ生物兵器にも病人にも見えない、春に手袋とマフラーをした彼女のことを。

サナトリウムの建設が決まった頃、金塊病こと『多発性金化筋線維異形成症《たはっせいきんかきんせんいいけいせいしょう》』は、原因の全く分からない感染性の奇病だというデマを流されていた。説明会の時点では建設に反対する人も多くいたらしい。

　それでもサナトリウムは、数年後には無くなるかもしれない昴台に訪れた転機だ。やがて、病が伝染性でないことが知れ渡ると、徐々に人々の反対は収まっていった。塀に絵が溢《あふ》れてからは、昴台はサナトリウムを受け入れた。

　今反対派として活動をしているのは、僕の母親を筆頭とする数十人だけだ。狭い昴台の中の、更に狭いコミュニティー。母は毎日のようにその数人で集まり、さっきのような陰謀論を語って聞かせている。

　母がこうした活動にのめり込んで行くようになったのは、北上さんが部屋から出なくなってからのことだった。そこの相関関係が、何だか生々しくて恐ろしい。

　手早くパンを食べ終えると、僕はすぐさま立ち上がった。背後から母の舌打ちが聞こえる。そして、北上さんを相手にした陰謀論が続く。

　二階に上がると、一番にクローゼットの中身を確認した。クローゼットの奥の奥に、赤いマフラーがある。あれもこれも全部夢じゃないのだ。

　こんなことになったのも、あの道を通ってしまったからだ。――ひいては、僕がサナトリウム反対ビラを剝がそうなんて思ってしまったからだ。

母親が新しいビラを作ったことは知っていた。古いプリンターで何度も失敗しながら、珠玉の数枚を印刷していたことも。嬉々《きき》としながらそれを貼りに行く母の姿が思い浮かぶようだった。

どうせ誰も見ないビラだ。これが原因でサナトリウムが潰れるということもないだろう。けれど、間抜けな僕はそれを剝がしに行ってしまった。

そこで弥子さんに出くわしてしまうことを考えもせずに。

赤いマフラーをしばらく眺めてから、クローゼットの扉を閉める。昴台サナトリウム。資格が無いというのはこういう意味だ。どう考えても、迷惑な反対派ビラを貼っている女の息子が入っていい場所じゃない。

それでも、編み上げられた通行証は僕の部屋にある。

▼143日前

結局、お高いマフラーの一点に負けた。分校終わりに、また同じ道を通る。今日は奇矯な女の人が塀の上から話しかけてくれることもない。

サナトリウムの塀をぐるっと回っていくと、まるで城門か何かのような入口がある。

城と違うのは、そこが衛兵ではなく監視カメラによって守られているところだ。じっとこちらを見てくるカメラを睨みながら、格子門を開ける。

一歩敷地《しきち》に入ってしまえば、そこに建っていたのは太陽光に照らされる巨大な建物だった。小さな立方体がガラスと柱で繋《つな》がっていく。塀と違ってまだ真っ白い外観を保っているそれを見て、何だかもう既に帰りたくなってしまった。

「……都村弥子さんのお見舞いに行きたいんですが」

受付でそう言うと、真面目そうな職員さんが「六階です」とだけ言う。その顔は、誰かがお見舞いに来ることを想定していないかのようでもあった。

広々としたエレベーターに乗って、六階へ向かう。そういえば部屋番号を聞いていなかったな、と思うより先に答えが出た。六階に病室は一つしかなかった。その他は全て『生化学検査室（六階）』『生理機能検査室（六階）』などの名前が付いている。

この階層は全て、都村弥子の為のものなのだ。

恐らくは一番見晴らしがいいだろう奥の部屋に『都村』のプレートが掛かっている。

小さくノックをしてから、スライド式の扉を開けた。

果たしてそこには昨日の女性――弥子さんが居た。

弥子さんは広い病室の出窓に座って、長い髪を棚引かせていた。流石《さすが》に病室の中でマフラーや手袋はしていない。ワンピースに似た入院着から覗く腕や首はやけに細く、関節が目立った。

僕がマフラーを掲げてみせると、弥子さんはにんまりと笑った。

「ご苦労」

その雰囲気に気圧《けお》されながらも病室の中に入る。そして、その手にマフラーをしっかり握らせた。

「これでちゃんと役割は果たしましたからね」

「いやあ、君が来てくれると思ってたから、朝からずっと出窓のところに居たんだよ。結構絵になってただろ？　ねえ君、名前は？」

「……江都《えと》日向です。中学三年生」

「改めまして。私は都村弥子。学年的には大学三年だね。大学では史学を研究していたんだけれど、もうしばらく行ってないから全部忘れちゃったね。金塊病を発症して、半年前からここに入院している。ここの唯一の入院患者だ」

そう言って、弥子さんはにっこりと笑った。

建てられたばかりのサナトリウムには、七人の入院患者が居た。それから一人か二人、新しくやってきた患者が居たはずだ。そして半年前に目の前の女性がやって来た。

ここに今入院しているのはこの人だけらしい。

それが意味するところは嫌でも理解出来た。

「……金塊病じゃなくて『多発性金化筋線維異形成症』でしょう」

何を言っていいか分からなくなったので、差し当たってそう口にした。それに合わせて、弥子さんはにんまりと笑った。

「さては君、そこそこ詳しいな？」

多発性金化筋線維異形成症は、通称『金塊病』と呼ばれている。国が研究を推し進め、急遽《きゆうきよ》この施設を建てるような特別な難病だ。

その病気の特徴の最たるものは、患者が死後、文字通り『金』へと変質することだ。

この病気に罹った人間は、発症時から少しずつ筋肉が硬化し、骨に侵食されていく。この侵食する骨が、極めて金に近い物質へと変異するのだ。否、二つ並べれば、どちらが天然産出品の金でどちらが金塊病の患者の身体から産出された金なのかは判別出来ないだろう。現代の科学では、その二つを区別する術《すべ》はない。

「……昴台に住んでる人は、大体知ってると思いますよ。昴台はここの恩恵で在るようなところですから」

僕の知識だって、昴台の集会所に置いてあるパンフレットを見れば書いてあるようなことだ。母親のような人に、金塊病の特異さと、そして何より伝染しないことを教える為に作られたパンフレットに。

「知ってはいるけれど、見たことないだろ?」

そんな僕の考えを透かしたように、弥子さんが笑う。そして、ひらりと窓枠から降りて、流れるようにベッドへと移動した。ぎしりとベッドを軋ませながら、弥子さんが言う。

「この地球上に存在する金は、寿命を迎えた恒星が地球へと衝突することで出来たと言われている。今流通している金はその星の忘れ形見だけを使ってるんだってさ」

「はあ……」

「これは金の価値が大幅に暴落しない理由にもなっている」

気づけば、弥子さんと僕の距離は随分近くなっていた。

「けれど、多発性金化筋線維異形成症に侵された私の身体は別だ。私の身体は惑星の小爆発を経ることなく金を生み出し、この星の金の総量を少しだけ増やす」

言いながら、弥子さんは細い右腕を人差し指ですっとなぞる。

「これが君の言う多発性金化筋線維異形成症だ。どう?」

「どう? って言われても……」

「実際の患者を目にすると、なかなか違うだろ？」

弥子さんはそう言ったものの、正直なところよく分からなかった。細い腕には細かい血管が走っていたし、見えるところに金メッキが貼ってあるわけでもない。人間の身体が金塊に変わるなんて、およそ信じられない話だ。僕は中世に流行《はや》ったという錬金術を思い浮かべる。あれだけの数の人間が金を作ろうと必死になっていたのに、今では目の前の人が自然とそれになるという。その想像が上手く出来ない。

「私はそう遠くないうちに死ぬ」

その言葉で、僕の意識はいきなり引き戻された。

死、というナイーブな話題であるはずなのに、弥子さんはそれがとっておきのサプライズであるかのような顔をしている。僕が何かを言うより先に、弥子さんが口を開いた。

「単刀直入に言うよ。エト、私を相続しないか？」

「相続、」

「そう。金塊病っていうのはね、文字通り金になるわけだから、売れるんだよ。でも、私の死体が売れたところで、私は死んでしまっているから、代金を受け取る相手がいない。他の人は家族や恋人を指定するみたいだけどね。生憎《あいにく》私はそのどちらもいない。

そこで、その相続相手に君を指名したい」

何を言っているのかよく分からなかった。

相続。売れる。金になる。

目の前の弥子さんは相変わらず楽し気な微笑を浮かべていた。

「……嘘《うそ》ですよね？」

「これはパンフレットには書いてなかっただろ。かなりプライベートな話だからね。

でも本当だよ。後で聞いてみるといい。私の死体は三億円で売れるんだ」

僕の気持ちを置き去りにして、弥子さんはそう話し続けた。

「ちょっと待ってください、三億円って……」

「本物の三億円だよ」

「そんなのいきなり言われても……」

「ただし、私にも条件がある」

弥子さんはぴしっと人差し指を立てながら言った。

「……条件？」

「そう。三億円を君に譲る、条件」

そう言って、弥子さんは傍らの引き出しからチェス盤を取り出して、オーバーテーブルの上に載せた。黒と白の市松模様の表面には細かい傷がついている。随分使い込まれたものらしい。

「チェッカーというゲームを知ってる？」

「……知らないです」

「知らなくても問題ないよ。極めてシンプルなゲームだからね」

「これ、チェス盤ですよね」

「今からこれをチェッカー盤にするんだ」

そう言って弥子さんは、チェス盤の表面に赤と黒の平たい駒の山を載せた。そのままチェス盤の黒い部分に、駒を配置していく。

「私の好きなゲームに、核戦争後の荒廃した世界を回るゲームがあるんだけどね、その世界ではコーラの王冠を使ってチェッカーをやるんだ。単純であるが故に、チェッカーは世界が終わっても終わらない。使うものはこの二色の平たい駒だけ」

そうこうしている内に、手前の三列の黒いマスに十二個の黒い駒が並べられた。弥子さんの側にも同じように赤い駒が並べられている。

「駒は十二個あって、基本は斜め前にしか進めない。もし行く先に敵の駒があったら、こうして飛び越えて取ることが出来る。チェスはやったことある？」

「……ルールは知ってます」

「それなら、駒を取る時に飛び越える、角《かく》だけのチェスだと思えばいいよ」

「角は将棋じゃないですか」

「それでだね、もしチェッカーの駒が相手の端に到達したら、それは王になるの。王になったら斜め後ろにも進める」

僕の言葉を無視して、弥子さんは黒い駒の上に赤い駒を載せた。丁度、黒い駒が赤い王冠を戴《いただ》いているかのように見える。

「王になった駒は、こうして分かりやすく区別する。端に到達し、背負えば王だ。相手の駒を全部取るか、チェスみたいにチェックメイトして、相手を動けなくしたら勝ち。簡単だろう？　他のことはやりながら教えてあげるからさ。チェスよりずっとシンプルだよね？　さ、やってみようよ」

有無を言わせない言葉だった。三億円の話すらまともに呑《の》み込《こ》めていないのに、チェッカーのルールが分かるはずが無かった。

とりあえず、端にあった黒い駒を斜め前に進める。それに対して、弥子さんは左から三番目の赤い駒を進めた。促されるまま、今度は同じように真ん中寄りの駒を進める。繰り返している内に、弥子さんの駒が僕の駒を飛び越えた。僕の駒が取られる。

負けじと僕も弥子さんの駒を取ると、今度は待ち構えていた後ろの駒に取られてしまう。そんなことを繰り返している内に、弥子さんの駒が端に到達して王に成る。そして、僕の駒は瞬く間に全滅した。

確かにシンプルなゲームだった。シンプルなゲームである分、何が悪くて負けたのかが分からない。

「いやあ、びっくりするくらい弱いね」

「仕方ないじゃないですか、やったことないんですから……」

「まあそうだよね。じゃ、もう一度やろっか」

「この有様なのにもう一回やるんですか？」

「そうだよ」

弥子さんはそう言うと、また同じように駒を並べ始めた。

けれど、結果はやっぱり完敗だった。ルールが理解出来ていないわけじゃないのに、僕の軍勢は面白いくらい弥子さんに翻弄された。

「二、三手先を考えてないから取られちゃうんだよ」

「そうかもしれませんけど、正直こんなのわかんないですよ」

「駒を取る時にある程度動かし方は決めておいた方がいいよ。どれを囮《おとり》にしてどれを王にするのかも」

説明を受けながら、僕は静かに混乱していた。やったことのないゲームの手ほどきを受けることも、昴台を間接的に救う金塊病の患者も、出会ったばかりの人間に相続させる三億円も、まるで現実味が無い。

ベッドに座る弥子さんは、人間の魂を弄《もてあそ》ぶ悪魔のようにも見えた。丸くて黒々とした瞳が値踏みするように僕を見る。その時、病室の扉が開いて看護師さんが現れた。

「あ、そろそろ検査の時間か。忘れてた」

「僕もそろそろ帰らないと」

そもそも、ここにはマフラーを届けに来ただけだ。僕がここに来る理由はもう無い。けれど、病室を出る寸前に、弥子さんがくるりとこちらを向いた。そして笑う。

「一度でも勝てば三億円だ。励みなよ、エト。それじゃあまたね」

そして、弥子さんはひらりと病室を後にした。部屋には酷い盤面のチェッカー盤と、呆気《あっけ》に取《と》られた僕だけだった。

そのまま病室の中にいるわけにもいかないので、僕の方もサナトリウムを出た。夕焼けに照らされたその建物はやっぱり昴台に似合わない異形《いぎょう》の城で、ここに通う自分は上手く想像出来ない。

でも、弥子さんは僕がここにまた来ることを疑っていないようだった。からかわれているだけかもしれない。けれど、実は弥子さんが何処かの大金持ちの一人娘で、好きに出来るお金が三億円もある、という可能性も無くはない。そして、物好きが高じて、チェッカーで自分を負かした相手に遺産を譲ろうとしている可能性も無くはない。

殆ど無いだろうけれど、僕に三億円が入る可能性も、ゼロじゃない。

三億円。それだけの大金があったら一体何が出来るだろう。

そもそも、それだけの大金があって出来ないことがあるんだろうか？

家に帰ると、母は既に食卓に着いていた。何処かで買ってきたスナック菓子を食べながら、ぼーっとテレビを見ている。何かしらで北上さんと揉《も》めたのか、今日の母はいつもよりずっと不機嫌そうに見えた。

「早いじゃない、鬱陶《うっとう》しい」

この間は同じ時間に帰って来て、遅いことをなじられた。

僕は黙って二階の部屋に向かう。運が良ければ、部屋に入ったところで話は終わる。

けれど今日はそうはならなかった。母親も一緒に階段を上がってくる。僕の行く先に少しだけ影が伸びる。

「無視するの？　文句があるなら出て行けばいいだろ。お前みたいな荷物がいなきゃ、私らだってこんな人体実験場で暮らしてないんだよ」

ここで振り返ったのがいけなかった。母親は隙を見つけたとでも言わんばかりの目をして、追撃を始めた。

「何？　一丁前に傷ついたような顔して、責めてるつもりなの？　本当に、親の苦労なんかまるで分かんないんだから、産むんじゃなかったよ。お前」

ドアノブに掛けた手が動かない。タイミングを見誤れば、潰れるまで攻撃されることを知っているからだ。吐き出したいだけ吐き出させておかないと、芯まで焼き尽くされてしまう。

「お前だって同じだからね。同じ穴の貉《むじな》だ。お前だってここから出さないからな。昴台から、一生。死ぬまで」

吐き捨てるような言葉と一緒に、階段を下りる音が聞こえる。それに合わせて、部屋に入った。知らず知らずの内に、自分が息を詰めていたことが分かる。

三億円さえあれば何だって出来る、と僕はもう一度反芻《はんすう》する。三億円さえあれば、人生も変わる。

昴台を出ていくことも出来る。

▼140日前

「あ、江都くん。ちょっと聞きたいことあるんだけど」

その日分校に行くと、クラスメイトの月野《つきの》さんが僕の席に座っていた。よく日焼けした肌に健康的なポニーテールをした月野さんは、このクラスのムードメーカーでもある。ただ、分校の中学三年生は僕を含めて六人しかいないから、その中のムードメーカーというのもスケールが小さい役目かもしれない。

「聞きたいことって何？」

素知らぬ顔でそう答えながら、内心はヒヤッとしていた。サナトリウムに出入りしているところでも見られたんだろうか？　と思ったのだ。別に罪を犯しているわけでもないのに、妙に居心地が悪い。

けれど、僕の心配を余所に、月野さんは笑顔で尋ねてきた。

「あのさ、卒業旅行の話なんだけど」

「ああ、うん、旅行か」

昴台分校の卒業生は卒業旅行と称して昴台の山の向こうにある海辺の宿泊所に行くのが恒例だった。僕の前の代も、その前の代も行ったはずだ。

「江都くん、スケジュール的に行けるか分からないって言ってたでしょ？」

「うん。その時期、多分忙しいんじゃないかなって」

僕は何でもないような顔をしてそう答える。みんなには随分前から行けるか分からないことを伝えておいた。今期の六人の内で昴台を出ないのも、進学をしないのも僕一人だ。その関係で、スケジュールがどうなるか分からないのだと。

優しいみんなはその嘘に触れないで過ごしてくれている。

スケジュールが合わないなんて嘘だ。就職するにせよ、旅行に行くだけの二日の休みが取れないはずがない。

一泊二日の卒業旅行に必要な費用は、大体三万円だ。宿泊費は勿論、海へ向かう為のバス代や食費、その他全てを含めればそのくらいになってしまう。

その負担をするよりは、予定が合わないで押し通してしまう方が楽だった。あと僕に出来ることと言えば、なるべく他の人に水を差さないように何でもないような顔をしていることだけだ。背骨の通った惨めさを上手く隠せていることを願う。

けれど、月野さんの口から出たのは意外な言葉だった。

「今年ね、卒業旅行行けないんだって。ハルミンも」

「え？」

「ほら、ハルミンってもう行く高校決まってるでしょ？　受験近くなったらもう昴台出るからって」

月野さんが悲しそうに言うのに合わせて、教室の隅を見てしまった。『ハルミン』こと一籠晴充《はるみつ》が、そこで宮地を相手に何かを話している。視線を感じたのか、晴充がゆっくりと歩いてくる。

「どうした？　何の話？」

「や、卒業旅行、お前も行かないとかなんとか……」

「あー、マジだよ。何かどうもスケジュール的に厳しくてさ」

晴充はそう言って屈託なく笑った。

「どうせ江都も行かないんだろ？」

「……そうだけど」

「そう！　で、私達《わたしたち》の代だけ何にも出来ないのも寂しいから、その分夏の分校祭で派手なことやりたいなって話になったの。みんなそれでいいかなーって、今聞いて回ってるんだ」

月野さんが楽しそうにそう言った。

「僕は全然いいけど……」

「お、江都も賛成じゃん。宮地《みやじ》と加賀《かが》さんもオッケーだって言ってたし、あとは守美《もりみ》さんが賛成してくれれば万々歳だな」

「旅行の代わりに分校祭でって何するの？」

「そらもう、花火とか上げようって。そもそも三代前くらいはあったよな？　花火」

目の前で楽しそうに繰り広げられる会話を聞きながら、僕はようやく話の骨子を理解する。どうやら、晴充と僕が旅行に行かない分、分校祭の内容を盛り上げようという話のようだ。関係ないように見える二つのことが思い出作りの糸で繋がる。

問題は、どうして晴充がそんなことを言い出したかだ。

「……晴充って昴台出るの？」

「多分そうなる。そうなってくるともうそっちで暮らす準備しないとだから。俺の都合で皆の旅行を振り回すのもあれだろ？」

「中止になってるじゃん」

「まあ、どうせ江都もいないし」

そう言う晴充の声には何の気負いも無い。心の内で晴充の中身を探ろうとしてみたけれど、どうにも上手くいかなかった。

一籠晴充。昴台サナトリウムを作り、死にかけだった昴台に光を灯《とも》した、一籠徳光の一人息子。分校を卒業した後は昴台を出ることが決まっている。

僕と晴充の欠席理由は同じだ。スケジュールが合わないから。何だか胸騒ぎがして、そこから先を考えるのを止《や》める。

そして僕は、三日ぶりに弥子さんの病室を訪れることを決めた。

正面玄関をくぐるまでに三、四回ほど引き返しつつも、僕は三日前と同じように受付を済ませる。都村弥子さんのお見舞いに行きたいんですけど、と言うと、受付の職員が「少々お待ちください」と言った。前回とは違った応対だった。

言われるがままに待っていると、白衣を着た初老の男性がやって来た。立っている姿が柳のように細い。その人は僕のことを見つけると、小さく手招きをする。

「えーっと、ちょっとこっち来てくれる?」

言われるがまま『主任医事長室』と書かれた部屋の中に入る。中はオーソドックスな診察室に見えた。医者用の机があり、椅子があり、患者用の椅子がある。白くて清潔なベッドもある。

一つ違うのは、部屋の壁に貼ってあるものに、全て弥子さんの名前が付いていることだった。弥子さんの写真、弥子さんの治療経過らしきもの、何がしかの検査結果、CTスキャンの画像やレントゲン写真も、多分弥子さんのものだろう。

この部屋はまるで、弥子さんの展示室のようだった。写真の中の弥子さんは、少しも笑わずにこちらを見つめている。

僕は写真の弥子さんから目を逸《そ》らして、目の前の男の人に目を向けた。

「えーと、私は都村弥子さんの担当をしている、十枝《とえだ》といいます。君が都村さんのこの子？」

「……江都日向です」

「江都くん。なるほど。分校に通ってるの？」

「そうですけど……」

十枝先生はしげしげとこちらのことを眺めている。値踏みされてでもいるようで、何だか居心地が悪い。

「弥……都村さんの体調が悪いようだったら帰りますが」

「ああいや、都村さんは基本的には普通の女の子と変わらないから。体調も安定してるし、しばらくは平気。まーそういう話じゃなくてね。──単刀直入に聞くけど、君さ、都村さんに何言われた？」

十枝先生は柔和そうな笑顔を浮かべたまま、それでもはっきりとそう尋ねてきた。

「……あの、自分を相続しないか、って」

「なるほどね。やりそうなことだわな」

十枝先生は小さく笑いながらそう言った。

「本当なんですか？」

「何が？　彼女が病人だってことが？」

「あの人が……いや、都村さんの死体が、三億円になるって……」

もしかしたら笑い飛ばされるかもしれない。人間の死体が三億で売れる、なんて悪趣味な冗談だ。

けれど、十枝先生は真面目な顔で頷《うなず》いた。

「件のパンフレットには載っていない話だからね。信じられないのも無理はないか」

「……本当なんですか」

「最初は……いや、今もか。誤謬《ごびゅう》みたいなもんだったんだよ」

十枝先生は横目でレントゲン写真を見ながらそう言った。

「あの病気の人間は、体組織が異常な変質を起こす。まあ、言うなれば金と殆ど同質の物質に変化する。国はこれを類を見ない病気として、死後の献体提供を求めている。……ま、ここまではそうだろうって話でね。でも、バグが起きたんだわ」

「バグ？」

「金と殆ど同質な物質を、それも人間と同じくらいの質量のものを、無料で国に引き渡すのはどうなのって話になったんだわ。いやぁ、誰が言い出したんだろうね。人間が変質したんだからそれは人間なのか、それとも金と同じ組成をしているからそれはやはり金なのか。死体なのか元素なのか、人間はこんな問題に取り組む素地を持たなかった」

僕は一緒にチェッカーをやっていた弥子さんを思い出す。あの時の弥子さんは、どこからどう見ても人間だった。物質かどうかなんて議論を差し挟む余地なんてないくらいに。

そんな弥子さんが、死んだら冷たい塊になってしまう。その瞬間、その身体は論議の的になる。物体と人間の間に放り込まれて、都村弥子がその間を浮遊する。

「医者も科学者も政治家も、あるいは哲学者もこの病に夢中だった。神学者すら口を挟んだ。魂無き後のそれが余りに価値ある物質である時、値を付けるのと付けないのとどちらが冒瀆《ぼうとく》なのか？」

「そんなの分かりません」

「結局、金と組成の同じ物質に変化するのなら、それに値するだけの金銭を支払わないといけないんじゃないか、ってことになったんだよね。……ま、遺族だって、貰えるものならもらっていう感じだろうし、そもそも入院だって無料じゃなかったんだからね。そういうわけで、金塊病の献体には相応の現金が支払われることになった」

「……おかしくないですか？　人間なのに」

「あるいは人間だからこそ」

十枝先生は確信に満ちた口調でそう言った。

「尊重してるって気持ちは目に見えないからね。お金で見えるようになるんなら、それはそれでいいと思うわけよ、俺は。霞《かすみ》食って生きるわけじゃないんだから。受け取る側の人間がね、決めりゃいいでしょ、そんなの」

「弥子さんに相続相手がいないっていうのは本当ですか？」

弥子さんの死で大金が入るのが本当なのであれば、次に気になるのはそこだった。

「本当だよ」

果たして、十枝先生はあっさりと答えた。

「それじゃあ、本当に三億円が僕に入るかもしれないんですか」

「本当に彼女が死んだらね。でも、こちらもそうならないように気を張ってる」

「……すいません、そういうつもりじゃなかったんですけど……」

「ああいや、気になるよな。人生に関わることだ。こっちとしては都村さんの意向を尊重したいと考えてるから、都村さんがそう望むならそうなるだろう」

言われたことで、突然怖くなった。昨日の冗談みたいなやり取りを思い出す。僕に、というのはさて置くとして、弥子さんが大金に変わりゆくのは本当のことなのだ。

見ず知らずの僕にポンとあげられる三億円を、弥子さんは本当に持っている。

「戸惑うのも当然だと思うんだけどさ。多分都村さんも何の考えも無しに君を指名したってわけでもないと思うんだよな。だから――」

「えっと、正確に言うなら僕はまだ弥子さんを相続するかどうかって決まってなくて……その、都村さんは……チェッカーっていうゲームで僕が勝てたら、相続させるって言うんです」

三億円の話が本当なんだとすれば、このことも何だか狂気の沙汰だ。だって、そんなものの行方がゲーム一つで決められていいはずがない。

けれど、十枝先生は何故《なぜ》か楽しそうな笑い声を上げた。痩せた膝を叩《たた》きながら「なるほどね」と先生が言う。

「それ厳しいかもね。だって、彼女物凄《ものすご》く強いし。なるほど、そりゃ大変だ」

「え、都村さんってもしかして、チェッカーの有名な人だったりするんですか？」

「いや、そういうわけじゃないんだけどね……。まあ、一つ言っておくとチェッカーっていうのはな——ミスさえしなければいいゲームだ」

「え？　それってどういう……」

戸惑う僕に対し、十枝先生が笑う。

「運が絡まないゲームってことだよ」

弥子さんとやったチェッカーを思い出す。確かに、あれにはサイコロもルーレットも絡まない。

「都村さんとのゲームで必要なことは、ただ最善を選ぶことだ」

十枝先生は真面目な顔をしてそう言った。でも、それはゲームである以上当然のことだと思う。誰が失敗しようと思って戦うだろう？　一体何が言いたいのか分からないまま、話は続く。

「都村さんが金になるっていうのは本当だけど、今のところはそういうのを全部気にしないで、彼女と接してくれるかね。あの子退屈してるんだわ」

「気にしないでって言われても……。そもそも僕、都村さんとは本当に何の関係も無くて……」

「ま、そんな気負わないでいてくれればいいから。じゃ、行っといで」

十枝先生は半ば強引に話を打ち切ると、さっさと僕を追い出してしまった。

そして、ただ負けないことだけを意識してチェッカーをした僕は、流れるように駒を取られ、普通に負けた。

そもそも、何をミスしていて何をミスしていないのかが分からない。分かってはいたことだけれど、十枝先生のアドバイスはさほど役に立たなかった。

「……何ですかこれ」

「うん？　どうしたの？　多少なり勉強した？」

弥子さんは僕のささやかな抵抗の臭《にお》いを嗅《か》ぎ取ったのか、そう言って首を傾《かし》げた。

「……十枝先生が言ってたんですよ。チェッカーはミスさえしなければいいって」

「その通り、流石分かってるね」

駒を並べ直しながら、弥子さんが頻《しき》りに頷いた。

「というか、十枝先生と会ったんだね。愉快な知見は得られた？」

少しだけ迷ってから、僕は口を開く。

「……弥子さんが亡くなったら、三億円が入るとかなんとかが本当だって聞きました」

「だから言っただろ。もしかして疑ってたの？」

「でも、それはバグの所為《せい》だって言ってました。法律とか、世界とか、そういうものが金塊病に追いついてないから、どうしてもお金で解決することになっちゃったんだって」

「そうだね。私の存在はバグ塗れ。身体のバグ、法律のバグ、そして人間の心のバグ」

弥子さんは胸の辺りに駒を当てながら、静かに言った。

「……そんなバグで出来たお金、受け取れません。やっぱりおかしいですよ、こんなゲームで……」

「この間と違って乗ってこないね」

「この間はまさか本気だとは思ってなくて……。こんなの僕に有利過ぎるっていうか……流石に受け取れません」

「どうして？　フェアじゃないから？」

「そうですよ！　だってこれじゃ全然釣り合ってないっていうか……」

「それじゃあエト、君は腕でも賭ける？」

弥子さんは表情を変えずに淡々と言った。

「……え？」

「指でもいいよ。最後に残った私の駒の数の分だけ、指切ってくれるかな」

弥子さんは自分の指をするっとなぞりながらそう言った。冗談を言っているようには見えなかった。

「私が賭ける三億円っていうのはそういうことなんだよ」

一段低い声で弥子さんがそう告げる。

「フェアじゃないなんて思わないで欲しい。だって、どうせ賭けるものは同じにならないんだから。私は私を賭けてるんだよ。このレートに合わせるなら、君だって自分を賭けないと。そんなの、私は望んでないのさ」

「だからって、指って」

「私なら指ですらそれなりの値段が付く。分かったらもうそういうことは言わないでくれるかな」

弥子さんはそれだけ言うと、さっさとチェッカー盤に視線を戻した。そして、最初の一手を指す。遅れて僕の方も駒を動かした。

結局、今回の対局は弥子さんが五個の駒を残したまま勝利した。……これで片手の指を丸々持っていかれていた計算になるのか、と思うと、確かに下手なことを言わなくてよかったかもしれない。

「五本持っていけるチャンスだったね」

「……言わないでください。ただでさえ弱いのに集中出来ないんですけど」

「反省したならもう二度と言わないでくれないかな。私は君が来てくれるだけでいいの。エトが来てくれないと寂しいよ」

弥子さんの口調は優しかったけれど、有無を言わせないものでもあった。どうしてそんなに固執するのだろう。ただ僕が来て、ただチェッカーをすることを、弥子さんは決して赦《ゆる》さない。

「だから、そもそも僕はそんな大金とか――」

「要らないって？」

「……そうです。そんなものが無くても、僕は」

その時、弥子さんが小さく笑った。

「いいや。君は欲しいだろ、三億円。それさえあれば、君は実母と義父の暮らす家から逃げ出して昴台を出ることも出来るんだから」

何の衒《てら》いも悪意も無く、ストレートに弥子さんが言う。

自分の表情が一瞬で強張《こわば》るのが分かった。それに対して、弥子さんは何でもないような顔をして薄く笑っている。喉の奥が痺《しび》れて上手く話せない。それでも、何とか言った。

「……何ですか、それ」

「家庭環境に言及されたのは意外だったかな。ここのサナトリウムに来るにあたって、昴台のことは粗方《あらかた》知らされるんだ。ここの職員は噂《うわさ》好きだしね。安心しなよ、君のことだけじゃなく、サナトリウムに関係の深い一籠晴充くんのことも知っているし。棚には昴台の地図もある。私はそういうものだと思っててくれれば」

知られているのだ。僕の状況も、これからどうなるのかも。そのことを考えただけで顔が熱くなった。今の弥子さんは前にもまして人を惑わす悪魔に見える。たっぷり時間を掛けてから、どうにか言葉を返した。

「……だったら、僕がここに来るのに気が引けてるのも分かるでしょう。人目も気になりますし、僕の母親は知っての通りサナトリウム反対派です、し……」

「そんな些事《さじ》は大金の前じゃ何の意味も無いよ。母親がどうだって、エトには関係ない」

　弥子さんははっきりとそう言った。

「大金さえあれば君の人生は変わる。本当だよ、嘘じゃない。大丈夫、私が火の粉は払っておいてあげる。そもそも、君は気づいているんじゃないかな？　大金っていうのは力なんだよ。巨人の肩に乗る君に、誰が手出し出来るもんか」

　その言葉通りなのかもしれなかった。十五歳の身でまともに三億円が運用出来るはずがないとか、そんなお金を貰ったところでどうしたらいいか分からないとか、そういうのは全部些事なのかもしれない。言葉に詰まる僕に対して、弥子さんは更に続けた。

「それとも義父の方を気にしているのかな。昴台ブランド確立計画。百貨店への地酒の出品。それについても私は知ってるよ。むしろ君がサナトリウムに来たくないのは北上伸尚《のぶまさ》に気を遣っているからなのかな？」

「北上さん、のことまで知ってるんですか」

「ああ、そうだよ。今の彼が経済的なしこりでしかないことも、彼にエトを支援する気持ちなんて少しも無いこともちゃんと調べたよ。……数年前は随分頑張っていたみたいじゃないか」

部屋の中で身体を丸めて、ただ日々を過ごしている北上さんのことを思い出す。弥子さんの中では単なる情報でしかない北上さんのことを、僕はちゃんと知っているのだ。

「私が言いたいのはね。君には三億円を受け取るだけの理由があって、私はそれを与えられる力がある。それに対してごちゃごちゃ言わないで欲しいってことなんだ。君の気持ちがどうあれ、君の状況は大金で打破出来るんだから」

極めつけに弥子さんはそう言った。

「それでいて、私が望むものはチェッカーの相手だけだ。どうだろう、エト。いい話だと思わない？」

それで僕が断るはずがない、と言わんばかりの口調だった。

確かに、さっきの状況まで照らし合わせれば、僕がそれを断る理由なんてまるで無い。僕は実際に大金を必要としている立場に居るのだ。

冷静に考えられる人だったら、大人しく弥子さんの言うことを聞いていただろう。けれど、僕は馬鹿だった。それも、プライドの高い、どうしようもない方の馬鹿だった。

「……要りません、そんなの」

「嘘だよ。私は全部知ってるんだから」

弥子さんは子供の癇癪《かんしゃく》を見るような目をして、薄く微笑《ほほえ》んでいた。だから、とことんまでやってやることにした。椅子から立ち上がり、弥子さんのことを睨む。

「そうやってわざと言うことで下手なプライドで三億円を放棄出来ないようにしたんでしょうけど、逆効果ですから」

「え？」

「僕は弥子さんが思ってるよりずっと馬鹿なので。……今日はもう帰ります。このまだと冷静に話せる気がしないです」

「だから、私が言いたいのは、君が気にすることはないってことで――」

弥子さんがベッドの上からこちらに手を伸ばしてくる。それを振り払うようにして、僕は言う。

「僕がここに来たのは、お金の為だって思ってるんですか。僕の家庭事情を知ってるから、金目当てでもいいよってことですか」

「そうじゃなくて、十枝先生に会ったなら分かるだろ。だって……」

「全然分かりませんよ！　……失礼します！」

僕はそれだけ言い捨てると、さっさと病室を出た。スライドドアをわざわざ閉めたのは、弥子さんが追いかけてくるんじゃないかと思ったからだ。けれど、弥子さんは来なかった。

弥子さんは頭がおかしい、と本気で思った。

僕が貧乏で、家庭環境があんな状態で、ろくでもない状況になっているから、大金が入ったら喜ぶだろうって安直にそう思ったんだろうか？　まるで飢えた子供に戯れにケーキをやるような所業だ。それどころか、弥子さんはそのケーキを駆け引きの材料に使っている。

あんなことを言ったら、自分と仲良くしていたら大金が入りますよ、ということをあけすけに言っているようなものだ。それはあまりに悪趣味だし、露悪的だとも思う。弥子さんは闘病生活の所為で普通の人の感覚を忘れてしまったに違いない、とすら思う。言っていいことと悪いことの区別もつかないのだ。

でも、とも思う。

でも、そうじゃなかったんだとしたら？　弥子さんがあんなことを言った理由が他にあるんだとしたら？　三億円というカードを見せびらかすようにしていた理由がちゃんとあるなら？　でも、それらを考えるには、どうしても材料が足りなかった。

代わりにまた怒りが込み上げてきた。北上さんのこと。母親のこと。僕の薄暗い願望を見透かされたこと。

こうまで思っているのに、病室から弥子さんが追いかけてきてくれるのを期待している自分も居た。それにまた腹が立った。

▼137日前

その日の授業は自習だった。

分校に居る先生は四人しかいない。その内、中学生を担当しているのが半分なので、一人が休むとすぐに授業が回らなくなる。

登校すると、教室には『帰ってもいいし本を読んでいてもいいです』というふわふわとした指示が書かれていた。既に教室内には月野さんくらいしかいない。

「あ、江都くんも来たんだね。帰る？　自習する？」

「や、勉強する気にはなれないけど……」

「それ、宮地と加賀ちゃんも言ってた。大したところ受験しないからいいんだって。そういうもんじゃないのにねー、勉強」

「月野さん以外に自習してる人がいないってことが、皆の総意って感じするけど」

とはいえ、あの家に帰る気にもなれなかった。受験組と違って勉強する必要もない。

結局、時間いっぱいまで図書室に逃げ込むことにした。

読みたい本も無いので、何となくチェッカーに関する本を探す。けれど、詳しいことが載っている本は見つからなかった。分校の図書室にある本の量なんてたかが知れている。でも、チェスや将棋の本はあるのに、チェッカーのものは見当たらない。

結局読みたい本も無く、適当に引っ張ってきた辞書を開いて席に着く。そこでも懲りずにチェッカーの言葉を引こうとしている自分がいるのが悔しい。

こうなってしまった原因は分かる。弥子さんだ。

こうして一夜明けると、じわじわと後悔の念が湧《わ》いてきた。ああやって出て行ったことで、弥子さんはどう思っただろうか。こうなるといよいよ病室に行く理由が無い。弥子さんは今どうしているだろうか。チェッカー盤を前に一人でいる弥子さんを想像すると、罪悪感が這《は》い上ってくる。次に面会を申し入れた時には拒絶されるかもしれない。そういうことを考えると、何も手につかなかった。辞書を閉じて、机に突っ伏す。

「おい、ここで寝るなよ」

しばらくそうしていると、そう声を掛けられた。嫌々ながら顔を上げる。晴充が目の前に立っていた。

「暇なら江都も買い出し付き合ってくれないか？」

「……買い出しって……」

「分校祭の予算下りたんだよ。熱い内に使っとけってことで」

ああ、それで晴充は教室にいなかったのか、と思う。

「……荷物持ちが必要なだけだろ」

「だって、月野さん以外みんな帰っちゃってたからさ。あとはお前だけなわけよ。いいじゃん。お前もこういうの好きだろ？」

一瞬だけ弥子さんの顔が浮かんだ。でも、別に会う約束をしている訳でもないのだ。

昴台は小さな集落なので、目立つ雑貨屋は一つしかない。麓町《ふもとまち》にある店で例えるならばコンビニにあたるのだろうけれど、昴台にとって便利なものを全部詰め込んだその場所は、やっぱりそれとは違う。何より、この店には名前が無い。単に『雑貨屋』とか、店主の名前を取って『森谷《もりたに》さんの店』と呼ばれている。

「森谷さん、今年も分校祭の買い出しですよ」

晴充がそう声を掛けると、店の奥からのっそりとした四十絡みの男の人が出てくる。

森谷さんはいつもと変わらない笑顔で僕らを迎えてくれた。

「お、来たねえ分校の坊主ども。もうそんな季節か」

「本当ですよ。俺らがいなくなったら、この店潰れちゃうんじゃないですか？」

「馬鹿言うな。この店潰れる時は、昴台だって終わりだっつーの」

晴充の軽口に対し、森谷さんはそう言って小気味よく笑った。

「そっちは日向だろ。元気だったか」

「はい。……お久しぶりです」

ちょっと気まずい気分で、僕も会釈をする。

昔は僕もよく森谷さんの店に来ていた。

ただ、森谷さんの店は完全なサナトリウム賛成派だった。昴台を少しでも元気にする為に、と言って周りを説得していた森谷さんが、僕の母親と折り合いの付くはずがない。気付けば、こういう機会でもなければ来られない場所になっていた。

「日向もな、色々大変だと思うけどな。頑張れよ」

事情を察しているのか、森谷さんはそれだけ言って、晴充との会話に戻った。

しばらく来ていない内に、森谷さんの店もすっかり変わっていた。いつの間にか雑誌が置かれるようになっている。お菓子やジュースも僕の知らないものが入荷されているし、その横に農耕具が配置されているのも含めて、森谷さんの店は昴台と共に変化していた。

その中で、僕が知っている頃から変わらない箇所もあった。

この店の一角には、ペンキの缶が沢山置かれている。

森谷さんはサナトリウムが出来て一年ほど経《た》った頃、その創造的な利用法に気が付いた張本人だ。白い壁にぺたぺたとビラが貼られるのでは、雑貨屋はさほど儲《もう》からない。そのことに森谷さんが気が付いた数日後には、雑貨屋にペンキの缶とハケが入荷していた。

三・二リットル缶のペンキは、ここで買うと五千円もする。それでも、飛ぶように売れた。勿論、昴台サナトリウムの塀に絵を描く為だ。誰が始めたのかは分からない。夜の内に最初の落書きが描かれて、それを見た子供が真似《まね》をして、仕舞いにはあの塀に絵を描く為だけに外から人が来る始末だった。

ある意味では、あれは抵抗だったのかもしれない、と思う。

昴台という土地に出来た異物に、集落の人間が出来た抵抗。あの時期、壁の落書きは次から次へと更新されていた。描き上がった絵の上に、他の誰かが新しい絵を描く。

その頃の壁は巨大なスクリーンのようで、生乾きのペンキの臭いがＢＧＭのようにたちこめていた。

〝更新〟が起こらなくなるにつれ、ペンキもこうして埃《ほこり》を被《かぶ》るようになったらしい。

レッド、と書かれた缶にそっと触れる。

あの時、僕も森谷さんの店を覗いた。そしてこうしてペンキに触れた。そして――。

「ペンキ買い足すのか？」

その時、晴充がそう話しかけてきた。別に悪いことをしていたわけでもないのに、何故か晴充の目が見られない。

「……いや、ペンキは分校にある分だけでいいと思う。使うの立看板だけでしょ」

「でも一番の目玉だろ。何色無かったっけ」

「減ってたのは赤だけど。色こんなにあるからそもそも無いのも多い」

「ブームが去ったのにまだ置いてあるんだな」

ブームというのは、昴台の人間がよってたかって塀に絵を描いていた時期のことを指しているんだろう。

「お前の父親は何か言わなかったの？」

「何かって？」

「国が主導で作った昴台の施設だけどさ、一応はお前のお父さんの、みたいなものだから。落書きされて怒らないのかなって」

「『ついでだからお前も描きに行けば』って笑ってたよ。んで、俺も隅にハマってたバンドのロゴ描いてみたんだけど、案の定上書きされてた」

屈託なく笑う晴充を見て、一籠徳光は本当に昴台の為にあのサナトリウムを造ったのだな、と思う。それを思うと、何故か冷たいものが皮膚の下に差し込まれる感触がした。

「もうやってる人間あんまりいないけど、俺あれ好きだったんだよな」

「使い終わったペンキの缶が不法投棄されてるって問題になってたし、ブーム終わって良かったんじゃないの」

「あー、あったなー。森谷さんのところにカンカンのゴミどうにかしろって苦情来たとかな。でも俺はあれだと思うわ。あの塀は完成したんだよ。鯨も来たし」

晴充が言っているのは、きっと『二月の鯨』のことだろう。

「だから、お前がこれから描き足すとしたら何を描くのか、俺はそれが気になる」

「そんな機会来ないって」

そう言いながら、僕は少しだけ想像してしまう。

僕にこの店のペンキを好きなだけ買えるだけの財力があったら、僕はあの場所に何を描くだろう？

もし弥子さんに勝てたら、その時はその益体《やくたい》の無い問いに答えが出るのだ。そう思うと何だか胸がざわついた。

分校祭に使うものを買《か》い揃《そろ》えると、結構な量になった。教室内を飾る為の養生テープや、タテカンの補強に使うガムテープ。教室に直接展示物を貼るのは禁止だから、壁を覆う為の模造紙も三ロール買った。そして、予算が余ったからという理由で、結局赤いペンキも買った。

雑貨で膨らんだ袋を抱えた晴充の横で、ペンキを持ちながら歩く。

分校に戻ると、結構な時間になっていた。サナトリウムに行っても、これじゃあそんなに滞在出来ないだろう。

弥子さんは僕の来ない病室で何をしているんだろう。僕のことを薄情者だと思っているだろうか。「エトが来なくなったら寂しいよ」というあの人の言葉を思い出す。

そこでようやく我に返った。チェッカーのことを調べようとしてみたり、病室に居るだろう弥子さんのことを考えて心が乱されたりするのは異常だ。知らず知らずの内に僕の生活は弥子さんを中心にぐるぐると回り始めていて、それが空恐ろしい。

「時間、遅くなっちゃったよな。悪い」

「別にいいよ」

倉庫に袋とペンキを置きながら、そう答える。たった一日だ。たった一日行かなかったくらいで、弥子さんが気にするとも思えない。

「なあ、一ついい？」

不意に晴充がそう呟いた。

「何？」

「お前さ、サナトリウムに来てたよな。都村さんに会いに来たの？」

何で知ってるんだ、というのが顔に出てしまったのかもしれない。僕が何かを言う前に、弁解するように晴充が言った。

「や、俺さ……一応サナトリウム関係者と言えなくもないし、今回の都村さんとかは、まあちょっとは歳《とし》近いから、紹介されたんだよ」

「紹介？　……どういう？」

「まあ、都村さんと話してみろ、みたいな」

晴充は歯切れ悪くそう言った。確かに弥子さんの口からも〝一籠晴充〟の名前は出てきたし、サナトリウム事業の関係者の息子だ。知っていてもおかしくない。エトが来なくなったら、の〝エト〟の部分が挿《す》げ変わるところを想像すると、何だか具合が悪くなった。そんな僕を後目《しりめ》に、晴充は暢気《のんき》に続けた。

「都村さんとお前って、どんな関係なの？」

「関係って言うほどの関係じゃない。ただ単にちょっと知り合って……ていうか、知り合ったのも最近だし」

果たして晴充は何処まで知っているのだろう。弥子さんが死んだ後、僕が三億円を受け取るかもしれないことや、その為に僕らがチェッカーで勝負していることも知っているんだろうか？

理由は分からないけれど、相続のことはおろかチェッカーのことすら晴充には知られたくなかった。

「よかったよ。あの人、本当に身寄りとかいないらしいから。江都があの人のところに行ってくれると、俺も嬉しい。あの人が何話すのとか想像出来ないけど」

僕の心中なんか露知らず、晴充はそう言って笑った。

どうやら、弥子さんのことは本当に顔見知り程度らしい。弥子さんのチェッカーのことも知らないみたいだ。

きっと、一人で入院しなくちゃいけなくなった弥子さんのことを心配しているだけなのだろう。単純な善意。裏表の無い善意。そちらの方が晴充らしかった。

「そんなの、お前だって行けばいいだろ。都村さん、喜ぶだろうし」

「何で？」

そう答える晴充は心底不思議そうな顔をしていた。

そのことに違和感を覚えたのは一瞬だった。その違和感の先にあるものには気付けないでいた。

僕はこの時の晴充が一体何を考えていたのかを、随分後になって知ることになる。

▼136日前

別に晴充に言われたからじゃない。

それでも次の日には、僕の足はサナトリウムに向かっていた。

家のことにずけずけと踏み込んできたことは、未《いま》だにしこりとして残っている。それでも、もう二度と会いたくないわけじゃなかった。

相反する気持ちがぶつかっている所為で、なかなか先に進めない。わざと遠回りをして時間を稼いでいる自分に気付くと、いよいよ嫌な気分になった。

その時、分校からサナトリウムに向かう方向に、今はもう使われていない用水路を見つけた。その用水路は『サナトリウムのある場所にかつて建っていた何か』に水を引く為のものだったのだろう。けれど、僕はもうそこに何が建っていたのかを覚えていない。

草塗れの用水路を進むと、赤く塗られた網扉に行き当たった。鍵は掛かっていないらしい。

この先がちゃんとサナトリウムに繋がっていたら、弥子さんに会おう。そう思いながら足を進める。

果たして、その用水路の先はサナトリウムの裏手に繋がっていた。正門より少し小さな門だったけれど、監視カメラはちゃんと付いている。

この監視カメラ越しに弥子さんが覗いていたらどうしよう、と思いながら、僕はゆっくりと格子門を開けた。

「なんで来たんだい」

弥子さんの第一声はそれだった。弥子さんはオーバーテーブルに肘をついて、つまらなそうに窓の外を眺めている。

「人目が気になるから、ここには来れないんじゃなかったの」

「……抜け道を見つけたんです。もう使われてない用水路のところ通って、サナトリウムの裏門の近くに出る……」

こんなことを滔々《とうとう》と説明したいわけじゃなかった。どうやってここに来たかを言うより先に、もっと他に言うべきことがあるはずだった。弥子さんも弥子さんで「私だってそこは知ってる。鍵掛かってたけど」と、ややズレた返答をする。お互いにこんなことが言いたいわけじゃないだろうに。

「エト、受け取ってよ」

その時、不意に弥子さんが何かを投げてきた。取り落としそうになりながらも、すんでのところでキャッチする。

「ちょっ、いきなり投げないでくださ――」

「エトさ、それで連絡しなよ。あ、ネットには繋がらないからね。私とのメッセしか出来ないようにフィルタリングしてるから」

手の中にあったのは、真新しいスマートフォンだった。剝《む》き出《だ》しの背面が光を受けて鈍く光っている。

「設定は全部してあるから、そのまま使えると思う。メッセージってとこ押せば、都村弥子ってのがいるから」

窓の外に視線を戻しながら、弥子さんは早口で言った。

「いや、ちょっとこれ、何ですか……」

「……悪かったよ。この間は君の家庭環境に関して色々言ってしまって。なんだかちょっとやっぱり……不躾《ぶしつけ》だったと思う」

弥子さんの声はどことなく緊張しているようだった。口調もどこかたどたどしい。

「ああ言った方が乗ってきやすいかと思ったんだよ。私の気持ちは変わらないから。でも、エトの気持ちを考えてない行為だったと思う。……でもね、私には時間が無いんだ。だから、ちょっと焦ってしまって……」

そこまで言ったところで、ようやく弥子さんがこっちを向いた。

「……ちょっと、何か言いなよ。君が三日も怒りっぱなしだった気持ちも分かる。分かるけど、反省してるんだってば……」

「別に僕が来なかったのは、怒ってたからじゃないんですけど……」

「それならそうと言ってくれないと、こっちは分からないだろ。その為のスマートフォンだよ。いいかな、次からは、なるべく連絡して欲しい」

「……えっと、分かりました」

「本当に頼むよ」

振り向いた弥子さんは、小さな子供のように唇を尖《とが》らせていた。光の具合か、何だか泣きそうにも見える。

「……僕の方もすいません」

それを見ると、するっと言葉が出てきた。

「弥子さんに、その、色々思わせちゃったみたいで……」

「……はあー、年下の男の子にわざわざ謝らせちゃうっていうのもね。これで分かっただろ。私は子供っぽくて有害な奴《やつ》なんだよ。三億円貰えるっていう条件が無かったらエトにも見限られるようなね」

「それじゃあ生きている間は絶対見限られませんね」

わざわざ年下を強調する弥子さんの言葉に、僕はムキになってそう返した。言ってしまった後に、また憎まれ口を叩いてしまったな、と思って弥子さんの方を見る。けれど弥子さんは腹を立てることもなく、それどころか妙に嬉しそうな顔をして僕のことを見ていた。

どういうことなんだろう？　さっき少しだけ理解出来たはずの弥子さんが、やっぱり僕には分からない。そんな僕の戸惑いを察したのか、弥子さんは画期的なコミュニケーションツールをテーブルに置いた。

チェッカー盤だ。

「それじゃ、やろうか。ただ、単にやるだけじゃ心苦しいって言うなら、やっぱり私はエト自身を賭けて欲しい」

「でも、指とか切られるの嫌ですよ、僕は」

「うん。だから代わりに、エトのことを教えて欲しい」

駒を並べる手が一瞬だけ止まる。その隙に、弥子さんが手早く全部の駒を並べてしまった。僕は最初の一手を先に指してから、小さく首を傾げた。

「何ですか、それ」

「エトの話をしてよ。噂だけじゃない話もあるだろ」

弥子さんがそう言って中央の駒を進めたので、僕は全然関係の無い場所の駒を動かしてみる。

「……別に、普通ですよ。起伏の無い生活です。普通に分校に行って、普通に授業受けて、ダルいなって思って、分校は昴台にいる沢山の子供達《たち》の寄せ集めだから、歳とかにもバラつきがあって……指導要領に合わせて課題をやったりするんですけど、僕は下から数えた方がいい段階の課題をやってる」

「好きなものは？　嫌いなものなんかも」

弥子さんが中央に取り残されていた僕の駒を取る。僕は端の駒を動かす。

「好きなもの……も、別に無いです。ていうか、何かを好きになるとか嫌いになるとかも起伏だし、そんなものがそもそも昴台には無いです」

「なるほどねぇ」

弥子さんがしたり顔で言う。何がなるほど、なのか分からない。気づけば僕は弥子さんの駒が王になるのを止められない位置まで来ていた。弥子さんの動かす兵はするすると流れる水のようにチェッカー盤の端に辿《たど》り着《つ》く。弥子さんの駒が僕の駒を背負い、のうのうと王に成った。

「逆に弥子さんはあるんですか。好きなものとか、嫌いなものとか」

「沢山あるよ。専攻に選ぶくらい史学が好きだし、あとはボードゲームも大抵好きだよ。こんな状況だから病気は嫌い。病院自体は嫌いなわけでもないけど」

「あとは、エト」

牽制《けんせい》しようと、僕は周りの駒で成った王の行く手を阻んだ。

けれど、弥子さんの王はほんの三手で包囲網を突破して僕の駒を取った。

「…………はあ？」

「嘘じゃないよ。来てくれて嬉しい。君が居てくれて、本当に」

そうして笑う弥子さんが恐ろしく寂しそうで、そんな表情を浮かべる人間のことを他に知らなかった僕は息を詰まらせる。

「そんなこと言われなくても僕は……」

僕の言葉はそこで止まる。そんなこと言われなくても、何だろう？　僕はここに来ますよ、という意思表示だろうか？　何の為に？

「……いや。さっき弥子さんが言ったじゃないですか。三億円をふいにするはずないって。勝つまで、僕は来ます」

差し当たってはそんな言葉を口にした。本当はこうじゃないのにな、と思う。でも、本当がどうなのかが僕も掴み切れない。

「じゃあやっぱり負けられないな。いよいよずっと負けないかもね」

「ゲームなんですから、一度くらい僕が勝つかもしれないじゃないですか」

「五回だ」

「え？」

「マリオン・ティンズリーというチェッカーのチャンピオンは、四十年以上のキャリアの中で、公式戦で負けたのはたったの五回だけだった」

弥子さんが僕の最後の駒を押さえる。これ以上動きようがなくなって、これで僕の負けが決まった。

「四十年付き合ってもらうことになるかもね」

「何千敗になってるんでしょうね、その時には」

僕はさっさと駒を並べ直す。何千回も負ける予定なら、さっさとこなしてしまった方がいい。流れるように始まる試合。僕は中央にある駒を進める。

「ところでエト、好きな女の子居る？」

「そういうのを聞くの……いや、ノーコメントです」

「へえ」

僕の駒が迷走し、弥子さんがそれをひょいと取る。

結局今日も僕は一勝も出来ず、そのまま帰ることになった。用水路ルートは未だに開かれていて、そこから出れば監視カメラ以外に見られることは少なさそうだった。

素知らぬ顔で帰り道を歩いていると、ポケットに入れたスマートフォンが震えた。弥子さんからのメッセージだった。

『最後の対局、私がエトの盤面だったら勝ってたよ。ヒントはＡ５』

そんなにチェッカーが好きなのか、と一瞬だけ思う。そして、その裏にある言葉を考えてからメッセージを返した。

『またやりましょうね』

『精進しなよ』

その五文字を見ると、何故か胸が詰まった。

『もしかして、条件を〝チェッカーで勝ったら〟にした理由って、病室に来る理由を作る為ですか？』

その文面を送ろうか悩んで、結局消した。

スマートフォンをバイブレーションまで切り、絶対に見つからない隠し場所のことを考えながら家に帰る。

▽

その時、スマートフォンが震えた。

電話の主が弥子さんであるはずがないので、緊張しながら画面を見る。

表示されている電話番号を確認してから電源を切った。サナトリウムを出てから二時間と少し。異変に気が付く頃合いとしては妥当だろう。ここから僕を確保しようという動きは激しくなるはずだ。僕は唇を噛《か》んで、車椅子を押す。

この際だからスマートフォンなんて捨ててしまっていいのかもしれない。警察は電源を切ったスマホでもGPSで位置を特定出来るんだろうか？　でも、これは僕が初めて弥子さんに貰ったものなのだ。それを思うとどうにも捨てられない。

これを渡した時、弥子さんは自分との連絡専用だと言っていた。

それを考えると、もうこのスマートフォンには何の意味もないのかもしれない。弥子さんがメッセージを送ってくることはもう無いからだ。

ただのモノでしかなくなったスマートフォンを未練がましく持っていることを、弥子さんは笑うだろうか。

それとも、ただのモノでしかないものにも想いがあるのだと言ってくれるだろうか？

▼106日前

「文化祭？　かあ、青春だねぇ」

ベッドの上で、弥子さんは楽しそうに手を叩いた。

三ヶ月後に迫る分校祭に向けて、分校の生徒たちは本格的な準備を始めていた。具体的に言うなら、週に一度の居残りが始まったのだ。当然ながら、その日はサナトリウムに来られない。

「にしてもその週一の為にわざわざ謝るなんて、律義だね。殆ど毎日来てくれるのにさ」

「……謝ってるわけじゃないですけど。ただ、何も言わないで来なかったら心配するじゃないですか。それに、弥子さんの検査が集中してる時は来られませんし」

「うんうん、大丈夫。嬉しいよ」

弥子さんは僕の話を少しも聞いていないのか、嬉しそうに頷いた。

「いいなぁ、私も行ってみたいな。二ヶ月後なんてどうなってるかわかんないけど」

「大したお祭りってわけでもないですよ。昴台には娯楽が無いからちょっと盛り上がるだけです」

「またそういうこと言っちゃって」

「本当ですよ。そもそも分校の生徒とか小学生組を入れても全体に三十人ちょっとしかいませんし」

「や、それは少ない」

「中学生組の僕らが卒業したら、いよいよ三鳥内と合併したりするのかなと思いますけど」

「うーん、昴台サナトリウムで財政的にはそこそこってはずなんだけどね。人口流出だけはどうしようもないのかな」

「まあ、昴台には本当に何も無いので。高校に進学したいってなったら仕方が無いと思います」

「そっか。まあ、仮にエトが進学することになったら出なくちゃいけないんだもんね」

弥子さんの言う通り、仮に僕が進学することになったら、やはり三鳥内の方まで行くか、あるいはもっと遠くの高校に通うことになるだろう。そうしたら、きっとサナトリウムに毎日通うことは難しくなる——と、ここまで考えて酷い思い違いに気が付いた。

　僕が高校に通えるようになる時には、弥子さんはもうこのサナトリウムにいないのだ。

「今考えてること当ててあげようか」

「やめてください」

「受験票出すまでに弥子さんが死んでくれないと高校進学に間に合わないな……だろ？」

「本当に帰りますよ」

「嫌な想像を下卑たジョークで上書きしてあげようという心遣いだったんだけど、正直反省してます」

　悪戯っぽく手を合わせる弥子さんに対して、内心僕は複雑だった。僕は未だに弥子さんのこういうところがあんまり好きになれない。来年の春までにはまだまだ時間がある。砂時計の残りを指して笑おうとするのは、弥子さん自身であっても受け入れられなかった。

「弥子さん、僕の進学までに死ぬ予定なんですか」

「予約を入れてるわけじゃないけどね。自分の身体のことくらい何となく分かる」

「…………治る可能性ってあるんですか」

出会ってから初めてこの質問をした。

「無いとは言えないよ。だって、まだ解明されていない病気なんだから」

幾度となく自問自答したことなのだろう。弥子さんはとてもフラットにそう言った。

「それでもまあ、エトが勝つ確率と同じくらい、治療法が確立される可能性もあると思ってるよ」

「結構な確率であるじゃないですか」

「そう。何しろ国を挙げての研究が為《な》されてるんだからね」

オーバーテーブルの上にはチェッカー盤が置かれている。話に夢中になって、すっかり途中になっていた試合だ。取られた駒をこっそり戻してもバレないんじゃないだろうか……と、こっそり細工をしようとする。すぐにバレた。

「こういう場外乱闘になったら私の方がえげつないからな。もうやめなよ」

そう言って意地悪く笑った弥子さんのことが今でも忘れられない。

僕が遊川《ゆかわ》と出会ったのはこの翌日のことだった。

「おーい、そこの子。そこの子だよ、無視すんなって」

いつもの通り分校からサナトリウムへ向かおうとした瞬間、そう声を掛けられた。

その時点で嫌な予感はしていた。この狭い集落に知らない人間が来ることは殆ど無い。振り返った相手が、明らかに昴台の人間らしくない格好をしているところで更に警戒した。くたびれたジャンパーと色の褪《あ》せたジーパンは、嫌な意味で都会的だった。年の頃は三十代半ばだろうか。いずれにせよ異物には違いなかった。

「……何ですか」

「そんなツンケンすんなよ。知ってたけど、ここの人間って外の人間に冷めてえよなあ、だから田舎は衰退すんだよ」

「僕に用があるなら言ってください」

「んな顔すんなって。俺は週刊現在っていう雑誌に記事を載せてる遊川ってもんなんだけどさ」

〝週刊現在〟——その名前を聞いた瞬間、思い出すことがあった。その雑誌の記事を、僕は読んだことがある。

「……『二月の鯨』の記事の……」

「ああ、あの記事知ってんのか。まあ、昴台の人間はみんなそう呼んでるもんな。あれ書いたの俺なんだよ。炎上したけど」

「………」

「そんな顔すんなよ。見出しって文字数決まってんだ。あの文字数の中で目を引くには奇病の二文字しかなかったんだんだって」

遊川は何でもないような顔をしてそう言った。突然僕の感情が大きく掻《か》き乱《みだ》される。金塊病を奇病なんて言葉で括《くく》ってみせた男が目の前に居る。この男に命名されて泳ぐ鯨。全部が全部不快だ。けれど、僕の関心はもっと他に向かっていた。

一体この男は何の目的で昴台に来たのだろう？　訝《いぶか》しむ僕に向かって、遊川は簡単な答えを口にした。

「なあ、君、都村弥子のことを相続するの？　三億円を手に入れる気分は？」

「——何、ですかいきなり」

「あ、サナトリウムに取材申し込みしてしつこく受付に絡んだ甲斐《かい》あったな、こりゃ」

カマを掛けられたのだ、と遅れて気づく。動揺を優秀な嘘発見器だと見做《みな》しているこの男は、これで僕に狙いを定めたわけだ。

「……何がしたいんですか」

「別に面白おかしく記事にしたいわけじゃない。俺はこの病に並々ならぬ興味があるんだ。多発性金化筋線維異形成症って病気に」

「それなら、都村さんに直接聞いた方がいいと思いますけど」

「俺が知りたいのは本人のことじゃない。むしろ、この病に巻き込まれる人間の方だよ」

遊川は淡々とそう言った。実験動物を語るかのような口調。弥子さんが自分を語る時と同じ冷たさ。凍り付く僕の前で、遊川は続ける。

「酷い病気だ。俺は価値を食う病だって呼んでる」

「価値を食う病って……」

「お前は自分が同じ重さの金塊より価値のある人間だと思うか？」

突然投げかけられた質問に、僕は再度凍り付く。最後に量った時は確か六十キロくらいだったはずだ。六十キロの金がどのくらいの値がつくのか分からないけれど、これだけは言える。

僕は六十キロの金塊よりはずっと価値の無い人間だ。黙り込む僕に対し、遊川はせせら笑うように言う。

「価値があるんだと思えないなら地獄みたいな話だ。生きている自分よりも死んだ方がマシだと明確に突き付けられる。周りの人間だって証明し続けなくちゃならない」

「証明？」

「自分は金の為に隣にいるんじゃないってことを」

遊川の言葉は今まで気が付いていなかった傷口を抉《えぐ》り出《だ》して火で炙《あぶ》るようだった。

「君もそれに苦しんでるんじゃないかね。ああ、当の本人の前で言う話じゃなかったかな」

「そんなの、あなたの勝手な言いがかりじゃないですか」

「言いがかりね。ああ、まあそうなるかもな」

言いがかりなんかじゃなかった。僕の身体は動揺のバロメーター代わりにぶるぶる震える。一刻も早くここから逃げ出したかった。遊川はそんな僕も興味の対象であるようで、視線を少しも外さない。

「悪かったよ。なあ、都村弥子にどうして家族がいないのか知りたくないか？」

「……何であなたがそんなことを知ってるんですか」

「それが仕事だからだよ」

遊川さんはそう言って、僕を試すように片頬を吊り上《あ》げた。虚勢を張っているのに、心臓が早鐘を打っている。

「聞きたくありません。……失礼します」

「ついでに尋ねると『二月の鯨』の作者が誰か知ってる？　アレ結局分かんなくて

ね」

「知りません」

そう言って強引に会話を打ち切ろうとした瞬間、僕の足元に紙の束のようなものが投げられた。

「一家心中だ。両親と弟を乗せた車が故意にガードレールを突き破った。都村弥子だけがその車に乗っていなかった。だから彼女だけ助かった」

聞きたくなんかなかったのに、遊川は一息でそう言った。足元の紙には、今よりも少し幼い風貌の弥子さんの写真が貼り付けられていた。都村弥子。十二月二日生まれ。二十一歳。僕の知らない個人情報。思わず拾い上げて、乱雑に鞄にしまう。

「都村弥子と関わることで、君がどうなっていくのか。楽しみにしてるよ」

遊川はそれきり声を掛けてこなかった。

その日の対局は酷いものだった。

チェッカーというゲームがそんなに心を映し出すものだとは思わなかった。見え透いた弥子さんの罠《わな》に掛かる。動かすべきじゃない駒を動かす。仕舞いには折角王に成れそうだった駒を棒立ちさせた。

「何かあった？　流石に大丈夫？」

二戦目が終わった時、弥子さんはおもむろにそう尋ねてきた。僕はごく不敵に尋ね返す。

「弥子さんくらいになると打ち筋で分かるってことですか？」

「いや、今日の君、目が据わってる」

「…………」

「そんな一点見つめてたら流石に分かるでしょ。どうしたの」

そう言いながら、弥子さんは僕の頬を掴んで強引に上向かせた。異常に冷たい手の温度よりも、こちらをじっと見てくる弥子さんの目に心臓が跳ねる。こうなってくるともう隠し事なんて出来るはずがなかった。あとはどれをどこまで吐き出すかの違いだ。

「……しゅ、週刊誌の記者がそこにいて……」

「あー、大丈夫でしょ。サナトリウムの中には入れないようになってるから。ん？　もしかして何か言われた？　いじめられた？」

そこで一瞬、言葉に詰まった。

僕が最初に思い浮かべた言葉は、例の証明の話だったからだ。

——弥子さんと一緒に居る人間は、自分が金の為に傍《そば》にいるんじゃないことを、証明し続けなくちゃいけないという呪われた処遇の話。でもこれは、僕の中の問題だ。

弥子さんは相変わらず僕のことをじっと見つめていて、何か言わないと到底離してくれそうもなかった。ややあって、僕は目を逸らしながら「弥子さんが——」と言う。

「私が何？」

「……や、弥子さんの家族が、一家心中、した、とか」

「あー……なるほど」

引っ掛かっていたことの一つを吐き出すと、弥子さんは合点《がてん》がいったと言わんばかりに頷いた。僕の頬も一緒に解放されて、反動でひっくり返りそうになる。

「それでエトは気にしてたってことか」

「別に気にしてたってわけじゃないですけど……。身内がいないって、まさかそういうことだとは思わないじゃないですか」

「ごめんごめん。先に言っておくべきだったね。でも、そんな隠すことでもないんだよ。家族の不和っていうのはね、事件になっちゃうとね、もう自分達だけの話じゃなくなっちゃうから」

弥子さんは何でもないような顔をして、大きく一つ頷いた。

「……聞いてもいいですか？　事件のこと」

「大した話じゃないよ。父親の事業が上手くいってなかったとか、ありきたりなお金の話でさ。にっちもさっちもいかなかったから、家庭内の空気も酷いもんでさ。そんな時に父親が、みんなでドライブに行こうって言い出したんだ。それも、学校休んで平日に」

弥子さんは少しも表情を変えなかった。そのまま淡々と続ける。

「おかしいと思うよね？　私はまだ九歳だったけど、その気持ち悪さに気付いてたんだ。私は賢かった。あいつらが何を考えているかぜーんぶお見通しだった。だから、その日は運動会の種目決めの日だから絶対休みたくないって駄々をこねたんだ。そしたらほんと簡単に、父親がお許しを出してさ。私は登校することになって。でも弟は駄目だった。まだ一年生で、学校を休んで出かけるなんて話に乗らないはずがなかったんだ」

私は賢かった、と噛《か》み締《し》めるように弥子さんが呟く。その目は遠く彼方《かなた》を見つめているみたいだった。

「弟だけ連れて行かれたんだ」

その時だけ、弥子さんの声が少しだけ低くなった。

「担任の先生に呼び出された時、私は驚かなかったよ。むしろ安心したくらいだった。やっぱりそうだったんだって。そして、自分は、私だけは知恵を振り絞って生き延びたんだって思ったら凄《すご》く嬉しかった。でも、弟は言っても聞かなかったから。ガードレールをぶち抜く車の中であの子がどんな気分でいたのかって思ったよ」

「……そんな、」

「私はそのまま養護施設で育つことになったけれど、それでも生き残ったんだ。親戚達は誰も彼も冷たくてさ。自分で言うのもなんだけど、一人でよく頑張ったものだと思うよ。だから、うん。これは私の生存体験だった。私は自分の生きる道を自分で切《き》り拓《ひら》いてきた」

弥子さんの目が静かに燃えている。

どう言っていいのか分からなかった。僕は弥子さんの壮絶な体験を想像するしか出来ない。弥子さんがその時死んでなくてよかったと思う。生き残ってくれていてよかったと思う。けれど、凄絶な弥子さんの目を見ていると、それを軽々しく口に出来る気がしなかった。

「だからさ、分かるだろ」

「何がですか？」

「そんな親戚どもに『死んでくれてありがとう』なんて絶対に言われたくないんだよ」

「……僕だって言いたくないですけど」

「そんな顔しないでよ。可愛《かわい》いなあ」

弥子さんが揶揄《からか》うようにそう言うのが、何だか酷く気に食わなかった。

弥子さんの両親はお金さえあれば一家心中なんて選択肢を取らなかったのだろうか。だから弥子さんは、状況は違えど金に困っている僕にお金を遺《のこ》そうとしているのだろうか。上手く言えないけれど、そういうことを想像して重ね合わせていくだけで、どんどん胸がざわついていく。

何より、そんな過去を知ったのがあの記者経由であるということが悔しかった。胸の中のもやもやを吐き出すように、僕は言う。

「……もう一つ聞きたかったんですけど、弥子さんって凄く優秀な学生だったって本当ですか？」

「そうだよ。こんなことになる前は、私は凄く優秀だったんだ。学内でも表彰されるくらいでね。何度か実地にも行ったよ。この病気にならなかったら、きっと私は院に進学して、史学を研究していたんじゃないかな」

「もっと研究したかったですか？」

「そりゃそうだよ。私が折角摑んだチャンスだったからね」

「例えばですけど、大学に例の三億を寄贈するっていう選択肢は無いんですか？」

「あるわけないだろう？ だって、私が研究出来ないのに、私が死んでくれたお陰で潤沢に研究出来るなんて悔しいじゃないか。そもそもあそこで一番賢かったのは絶対に私——」

滔々と語る弥子さんに向かって、僕はぱさりと書類の束を放った。あの遊川とかいう記者が渡してきたものだった。そこには弥子さんの写真と一緒に、経歴や専攻、在学中に取った賞なんかが記されていた。その経歴の中に、件の心中事件も含まれている。

「これはまた結構なことで」

ぺらりと資料を捲《めく》りながら、弥子さんはそう呟いた。

「弥子さんはどんなことを研究してたんですか。英語も中国語も堪能《たんのう》で、大学には返済不要の奨学金で行ったたって本当ですか」

弥子さんには昴台サナトリウムに来るまでの人生があって、やりたいことや研究していたことがあって、今もなおその中には知識が沢山詰まっているということを、僕は改めて知った。

そしてその全てが弥子さんから直接聞けなかったことが悔しかった。もうこんな目に遭いたくなんか無い。

「もっと知りたいです。弥子さんのこと」

「いいよ。何でも答えてあげる」

弥子さんは遊川からの資料を屑籠《くずかご》に放り投げて、にっこりと笑った。

「チェッカーでもしながら話をしようよ。私もエトのことがもっと知りたいんだ」

▼95日前

昴台分校の中学生組を取り纏《とまと》めているのが、主任の堤《つつみ》小百合《さゆり》先生だ。何に対しても動じない人だけれど、今日ばかりはその先生も動揺しているようだった。

そう言う僕も、堤先生と向かい合っているだけで全身が凍り付いたようになっている。この動揺が伝わらないように表情筋を引き締めているけれど、どこまで通用するかは分からない。

勿論、堤先生に僕を責めるつもりなんて無いのだろう。これは単なる二者面談だ。他の生徒も全員やっている。普通のことだ。

「江都くんの進路調査票を見せてもらいました。単刀直入に言うけど、私はこれを受け取れません。自分ではどう思ってる？」

「……どう思うもこうもないです」

堤先生は僕の調査票を前に、深い溜息を吐《つ》いた。第一希望の欄には『昴台での就職』と書いてあって、残りは空欄になっている。これ以上書きようがなかった。こんなに進めにくい二者面談はないだろう。先生の置かれた状況に、他人事《ひとごと》のように同情する。

「進学するつもりはまるでないの？」

「そのつもりです」

僕がはっきり答えると、先生は分かりやすく眉を顰《ひそ》めた。

「それじゃあ分校を出た後はどうするの？」

「書いた通り昴台で仕事を探す予定です。……一応、長期休みに手伝っている畑とか、山の仕事とかを続けさせてもらう話をしていて。母はこのまま昴台の就農に相談して働くよう勧めていますが」

勧めている、という言葉はおかしいな、と思う。母が言っていることは、そのままこれからの僕の進路になることだろう。母はそれ以外の進路を認めないだろうし、僕にはそれに抗《あらが》うだけの気力がない。それに対して、堤先生は一層表情を曇らせた。

「昴台に一生いるわけにもいかないでしょ。こんな集落に仕事がそんなにあるわけじゃなしに……」

「でも無いことも無い。いいんです。僕そんなに勉強が出来るわけじゃないですし」

「でも、江都くんは……」

それから先生は僕のことを少しだけ褒めてくれる。けれど僕は、そんな言葉一つでは昴台を出られないのだと知っている。

僕の家は困窮している。ただ、例えそうじゃなくても母は僕の学費を出さないし、昴台からも出そうとしない。それだけだ。北上さんはそんな僕らの状況に介入しないだろう。

ただ、三億円があったとしたら。

弥子さんの言う通り、大金は人生を変える。何の手出しもさせないよ、と言った弥子さんの顔を思い出す。聡明《そうめい》なあの人なら、その通りにするはずだ。

いや、弥子さんなら三億円なんか無くても自分で道を切り拓くだろう。現にあの人はそうやって生きてきたのだ。何の後ろ盾も無くても、自分の人生を生きて、そして。

そして、金塊病に罹り、昴台サナトリウムに幽閉されることになるのだ。

「分かっているの。……江都くんの状況も、お家《うち》のことも、外側からだけではあるけれど、理解している部分もある。私の言っていることは江都くんにとって辛《つら》い話になるわ。十五歳の男の子がそう簡単に決められるものじゃないと思う」

堤先生はまっすぐに僕を見て、言う。

「でも、私は江都くんが何もかもを諦めたような顔をしているのが気になるの。もしかしたら江都くんだって、自分の人生を生きたいと思っているんじゃないかって」

苦しそうに、それでも僕から目を逸らさずにそう言ってくれる先生は、僕の置かれている状況を知らない。

僕が弥子さんと出会い、全てを解決出来るカードを手に入れるかもしれないということを知らない。

そんな会話の後にサナトリウムに向かうのは、何だか妙な気分だった。堤先生はあれからも、昴台を出る方法や、この集落の外で就職する方法なんかをあれこれ考えてくれた。そのどれもが厳しい選択肢であることをちゃんと言ってくれた辺り、堤先生は本当に良い先生なのだろう。僕が昴台を出るということは、もうここに二度と戻らず、たった一人で生きていくのと同意だからだ。

そんな堤先生に対して、僕は弥子さんのことを言わない。

こうした時に、遊川から聞いた『証明』の話を思い出してしまう。こんな文脈で、弥子さんの話を誰かにしてしまった時点で、僕と弥子さんの関係は死んでしまう。証明が出来なくなってしまう。

けれど、そもそも僕は誰に弥子さんとの健全な関係を『証明』し続けているのだろう？　考えれば考えるほど、僕の頭の中は袋小路《ふくろこうじ》に迷い込んでいくかのようだった。

かといって、弥子さんのところに通わない選択肢もなかった。最近は扉を開けただけで、弥子さんが笑顔でこちらを振り向いてくれるようになった。僕じゃなく看護師さんや十枝先生である可能性もあるだろうに、弥子さんはその期待だけで笑顔を向けてくれる。そして、僕を引き当てた時には手を軽く上げてくれるのだ。

「お、エト」

今日の弥子さんはオーバーテーブルで一人、詰めチェッカーをやっていたようだった。前は本を読んだりスマホを弄《いじ》っていたりもしたのだけれど、最近は専らチェッカーに夢中らしい。

「丁度色々試そうと思ってたんだよね、さ、やろやろ」

「早速ですね」

「最近はエトも強いからさあ、一緒にやるのが楽しくて楽しくて。このまま強くなったらもっと楽しいだろうなー」

子供のようにはしゃぐ弥子さんは可愛い。本人に言ったら揶揄われるだろうから言わないけれど、素直にそう思った。

「あの、ずっと不思議だったんですけど、何でチェッカーなんですか？」

「どういうこと？」

「つまり、将棋じゃなくてチェスじゃなくて、チェッカーな理由が何かあるのかなって」

「ふうむ」

そう言うと、弥子さんは急に黙り込んだ。もしかして理由なんてないんだろうか、と僕が疑い出してから、不意に弥子さんの口が開く。

「テーブルゲーム関連で好きな逸話があるんだ。各界の名士が語ったゲームの印象の話なんだけどね。曰《いわ》く『チェッカーは底の見えない井戸のようだ。チェスは果てしない海原のようだ』と。そこで、とあるインタビュワーがこれらの喩《たと》えを引き合いに出して、羽生棋聖《はぶきせい》に将棋はどんなものだと思うかって尋ねたんだ」

羽生棋聖という人がどんな人かは詳しく知らなかったけれど、僕はそのまま黙って聞いていた。

「羽生棋聖はね『精巧なものを作り上げたものだ』って言ったんだよ。将棋が今のルールになって四百年だ。それまでずっと緩やかな変遷を続けてきた先人たちの英知の結晶が今の将棋なんだ。まるで一枚の絵をみんなで描き上げたみたいだよね」

「まあ、確かに……」

僕の頭に、サナトリウムの塀が浮かぶ。

「それに対して、チェッカーというのは起源すら不明でね。シンプルなルールのゲームがただ『在った』んだ」

頭の中の塀に、一頭の鯨が浮かぶ。

「それで、結局どういうことなんですか」

「まあ、チェッカーが好きなんだよ」

弥子さんは雑にそう纏《まと》めると、さっさとチェッカー盤をテーブルに置いた。

「まあ、一番の理由は将棋に無く、チェスにも無く、チェッカーのみにあるものの所為かな」

「……何ですか、それ」

「そうだな。私が死ぬ時に教えてあげるよ」

「縁起でもないこと言わないでください」

「本当にねえ」

弥子さんは何でもないことのようにそう笑っていたけれど、それ自体が何だか不快だった。不治の病に罹った人間は、自分の寿命を転がすような冗談を言っていい権利を得るものなんだろうか？

僕は気分を変える為に、弥子さんの口にしたクイズについて考え始めた。将棋に無く、チェスに無く、チェッカーにだけ存在するもの。僕はチェッカーというゲームのことを詳しく知っているわけじゃないけれど、人生の中で一番真剣にやったゲームだ。もしかしたら、それが弥子さんの奥底の本心のようなものに繋がっているんじゃないだろうか。チェスでもなく将棋でもなく、チェッカーに自分を賭けた弥子さんの。

「ちなみに、レスリングにも無い」

「余計なヒントで攪乱《かくらん》させないでください」

弥子さんが鼻歌を歌いながら駒を並べ、そのまま中央寄りの駒をスッと動かした。流れるように対局が始まり、僕はそれについていく。

最近気が付いたことがある。弥子さんは基本的に、いくつかのパターンを使ってチェッカーをプレイしている。ここに弥子さんの強さの秘密があるような気もするのだけれど、具体的にどうとは言いづらい。

それでいて、そのパターンに則《のっと》って先読みをしようとすると、今度はそれを逆手に取られてしまうのだ。僕の試みはなかなか功を奏さない。

でも、こうして色々なことを考えながらチェッカーをするのは楽しかった。三億円とか、弥子さんの病気とか、そういうのもを全部抜きにして、チェッカーというものは面白いゲームだった。

弥子さんはチェッカーをしながら、かつて研究していたものの話や、食べて美味《おい》しかったお菓子の話をする。他愛無い話をする。それに合わせて僕は相槌《あいづち》を打ったり、質問を投げてみたりする。

こうして向かい合ってチェッカーをする度に、僕は少しずつ弥子さんのことを知っていく。それに合わせて、僕も少しずつ昴台の話や、僕自身のことを語っていく。

それが妙に心地よくて困るのだ。

浮かれた気分で家に戻ると、北上さんと遭遇した。

母は集会に出ているらしく、家の中は束の間《つかま》の平穏に満たされている。

「江美子《えみこ》さんはいないよ」

北上さんとの会話はいつもその一言から始まる気がする。何しろ、僕と北上さんは母が居ない時しかまともに会話をしないからだ。

「学校の方は忙しいの？」

「ああ、えっと……」

一瞬だけ迷う。けれど「この人になら」という気持ちもあった。ややあって、僕は三億円とチェッカーの部分を省いて弥子さんの話をする。

「サナトリウムに出入りしてること、母には言わないでください」

「それは勿論。言えるはずないしね」

北上さんはそう言って軽く笑った。

「それなら、なるべくその子のところに居てあげた方がいいかもしれない」

「……そう思ってるんですけど」

件のチェッカー対決を伏せているので、何処となく居心地が悪い。傍《はた》から見たら、僕はもうすぐ死ぬ病気の女の子に寄り添っている人間に見えるんだろうか。そう思うと、今の全てが不純なもののように思えてしまった。でも、それだけじゃないような気もして、ままならない。

その時、ポケットの中からティロン、と小さな音が鳴った。当の本人である僕も、相対している北上さんも同時にポケットの方を見る。まずい、という僕の表情を察したのか、北上さんが薄く笑った。

「出てもいいよ」

「……大丈夫です、多分メッセージなので……」

そう言いながらも、僕はスマホを確認する。ホーム画面には、弥子さんによる今日の夕飯のレビューが延々と綴《つづ》られていた。

「剥き出しで持ってるんだね」

「そう……なんですよね」

そもそも、スマホ自体を持っていなかった僕がケースを持っているはずがない。弥子さんはスマホを取り寄せるのに気を取られて、ケースまで気が回らなかったのだろう。銀色の本体を見た北上さんが小さく笑う。

「……その内、僕が適当なものを用意してあげるよ」

「あ、ありがとうございます」

「江美子さんには内緒でね」

北上さんはそう言って笑う。その時僕の脳裏に、昔の北上さんが過った。僕にこっそりお菓子や本を買い与えて「お母さんには内緒でね」と言っていた頃の北上さんが。その時、不意に北上さんが口を開いた。

「なるべくその子のところに居てあげるといい。離れてるとすぐ変わっちゃうからね」

それきり北上さんは何も言わず、自分の部屋に引っ込んで行ってしまった。

▼90日前

分校は朝から沸き立っていた。というのも、分校祭での花火の打ち上げが正式に復活することになったのだ。僕が弥子さんとのチェッカーに興じている内に、晴充が昴台の人々や分校職員に掛け合ってくれたらしい。

「要するに、資金不足が原因だったんよな」

教壇に立ちながら、晴充はそう言った。中学部の十二人が全員、その報告を固唾を飲んで見守っている。

「前は昴台ももう少し人口が多くて、多少今より景気良かったからそういうことも出来たんだけどな。最近は不景気だし、昴台林業組合のゴタゴタもあったし。そもそも昴台はアホなくらい田舎だから。わざわざ花火を卸してもらうのも森谷さんとこ通さなくちゃいけないくらいなんよね。だから非ッ常に金がかかる」

晴充は大仰に眉を顰めてそう言ってみせた。すかさず、宮地が相の手を入れる。

「でも、ここにハルミンが居るってことは、どうにか金策の目途が付いたんじゃないの？」

「よくぞ聞いてくれた、宮地」

そう言うと、晴充は去年の分校祭のパンフレットを取り出した。

「そこでだ！　今回はこの分校祭パンフレットにスポンサーを募集したんよ！　森谷さんの店の広告をな、パンフレットに載せる代わりに多少の資金提供を得た！　似たようなところがあと数件あれば金の問題はどうにかなる！」

意気揚々とそう宣言した晴充に対し「まだ未定なのかよ！」「ちゃんと目途ついてから言えや！」「ハルミン先輩ほんとに大丈夫？」という野次が飛ぶ。

けれど、こうした野次が飛ぶこと自体が晴充への信頼の表れでもある。晴充が主導なら、きっと上手くいくだろうという無条件の信頼。

「ちなみにだけど、資金不足だけが問題だったの？　だったらこうやって募金だのなんだので解決しようって人がいた気もするけど」

その時、月野さんがおずおずとそう言った。

「あとはなぁ、賞味その……昴台サナトリウムの問題があったんよ。サナトリウムのところまで音とか光が届いちゃうと不謹慎だとかいう話が、資金不足の理由のカバーになったわけ。しょっぱい話だけど、これもサナトリウムの職員さんと、今入院してる人に確認取って、許可貰ったんで、問題ないことになったから」

弥子さんのことだ、と反射的に思う。まあ、弥子さんなら花火がどうこうで文句なんか言わなさそうだ。むしろ、そういうのに手を叩いてはしゃぐ方だろう。というか、問題はそこじゃない。そもそも問題は何処にもない。なのに、何で晴充と弥子さんが話した可能性を考えると、こんなにもやもやするのだろう？

「とりあえず、これからは手分けして作業して、その合間に広告載せて貰えるように打診した方がいいな。それでいい奴は拍手！」

晴充の音頭に合わせて、教室内に拍手の音が響いた。勿論、僕も拍手をした。当然のことだ。

授業が終わった後、僕はそのまま分校祭パンフレットの作成を手伝う。晴充の請け負った『広告』というのは、単なる掲載だけでなくレイアウトやデザインまで全部含めた代物のようで、つまり僕らは森谷さんの店をアピールする五十五ミリ×九十一ミリを作らなければいけないのだった。

僕の隣で月野さんが「みんなの生活に寄り添う」「インターナショナル総合商店」などのキャッチコピーを上げていくので、それをメモしていく。

「これなら広告沢山集まりそうだね。ハルミン主導でどんどん動いてくだろうし」

「これ一個一個作ってくの大変そうだけど……」

「でもさ、これって凄い思い出になるよ。昴台に何があったのか、何が無かったのか、これで全部分かるもんね」

「ここに広告出さない店とか歴史的に無かったことになっちゃうよ」

サナトリウムとかね、と僕は心の中で付け足す。

「あ、そうか。そうなっちゃうか」

月野さんが楽しそうに笑う。その時、午後四時を告げるチャイムが鳴った。五時には完全下校だから、それまでにはお開きになるだろうけれど、どっちにしろ今日はサナトリウムには行けなさそうだ。

教室を出て、こっそり『今日は行けなさそうです、すいません』とメッセージを送る。間を置かずに『了解』という素っ気ない返事が来た。これを見る限り、弥子さんも忙しい日だったのかもしれない。

五時のチャイムと同時に分校を出たものの、辺りはまだ明るかった。山間から注ぐ日差しは黄金色《こがねいろ》に輝いていて、沈むことすら忘れてしまったように見える。長く伸びる影を追い越すように歩いていると、不意に声を掛けられた。

「やあ、エト。私に気が付かないなんて愛が足りないね」

その声を聞いて思わず振り向く。

「えっ……あ」

「何だそれ、幽霊でも見たような顔しちゃってさ」

木立の中に弥子さんが立っていた。いつも着ている入院着の代わりに、ラフなシャツと黒いズボンを履いている。肩に掛かる赤い鞄すら普段の弥子さんからは想像の出来ないものだった。

「……来ちゃった」

「来ちゃった、じゃないですよ。何してるんですか」

「雑貨屋さんに行ってみたくてさ。こっそり抜け出してきたんだ」

「何やってるんですか！　怒られるんじゃないですか？」

「まあね。監視カメラにも映ってるだろうし。でも、体調を理由に怒られたところで、死ぬのは私の方だからなぁ」

弥子さんはつらっとそう言って、髪の毛を搔《か》き上《あ》げてみせた。それを見ながら、ここに来る前の弥子さんはこんな感じだったのか、と思う。こうして立っている弥子さんは、到底病に侵されているようには見えなかった。

とはいえ、弥子さんは本来外に出るべきじゃない人間である。こうして外に出たことで一気に硬化が進んでしまったりしないだろうか。それを考えるとどうしても焦った。

「大丈夫だよ。こうして出歩いただけですぐさま死ぬってことにはならないから。それとも何？　あのサナトリウムに結界でも張ってあって、そこから一歩でも出たら死ぬって思ってる？」

「そういうわけじゃないですけど、心配な気持ちくらいは察してくれませんか」

「地図見て知ってたけどさ、ここはぐるっと山に囲まれてるんだね。ここに来た時は分からなかったけど、こんな感じになってるんだ。凄いね」

弥子さんは僕の言葉を無視して、夕焼けに染まった昴台を見渡した。

弥子さんが「凄いね」と言ってくれた立地だけれど、正直こんな立地にはデメリットしかない。昴台が外部から隔たれているように感じるのは、どう考えてもこの立地の所為だ。この場所にあるお陰で、輸送にも手間が掛かるし、どうしても閉鎖的な印象が拭えない。田んぼをやるにも、長距離の水路を使って水を引いている。不自由な昴台。

「山にしては低いですから。本当に昔の人は、この山だか丘だか分からないところを切り拓いて昴台を作ったらしいですけど。正直そこまでして使うような場所じゃなかったと思います」

「そこまで悪く言わなくてもいいのに」

それにしたって、昴台には良いところがまるで無い場所なのだ。僕の暗澹《あんたん》たる気持ちに合わせて陽が沈んでいく。

「ここじゃなかったらって思ったことが何度かあります。もう少し、もう少しだけ選択肢の多い場所だったら上手くいってたんじゃないかなって。それこそ、チェッカーの駒が一足飛びでマスを超えるみたいに、何処かに行きやすい場所があったらって」

「まあ、アクセスはあんまりよくないようだけど」

「弥子さんも、ここことは別のサナトリウムに行った方が便利だったんじゃないですか」

「ここはここでいいものだよ。隔離されているし、静かだし。ぐるっと囲まれている場所の、ぐるっと囲まれたサナトリウム。その中に囲われているのがこの私ってわけだね」

そう言いながら、弥子さんが勢いよく手を広げた。てんで大人には見えない仕草だ。バランスを崩した弥子さんの身体が、そのままふわっと浮き上がる。言わんこっちゃない。だから気を付けなくちゃいけなかったのに。

「わ」

「弥子さん！」

その時、ごく自然に弥子さんの手を取ってしまった。あ、と言うより先に、弥子さんの手がしっかりと僕の手を握る。すんでのところで、弥子さんは転ばずに済んだ。

弥子さんの手は冷たかった。およそ人間のものとは思えない体温と、どことない硬さがある。その時、弥子さんが宥《なだ》めるように言った。

「……私ね、病気の所為でさ、体温が本当に凄く低いんだよ。でも、冷えが良くないらしくてさ。だからエトと出会った時もマフラーと手袋してたんだ」

「冷えが良くないのになんで今日は手袋忘れて来たんですか」

「でも、忘れて良かったと思ってるよ。エトの手はあったかいね」

僕はその言葉を無視しながら、黙って手を引いた。こういう時に上手く返せる言葉を持っていなかったからだ。きっと今の僕は酷い顔をしているだろう。それを見て、弥子さんがげらげらと笑った。それに合わせて、更に顔が赤くなるのが分かる。

弥子さんの手は少しだけ骨ばっていた。筋線維の硬化について思いを巡らせる。でも、どれだけ真面目に考えようとも、その都度弥子さんの笑い声に邪魔をされた。その声が本当にずるい。

そのまま手を繋いで歩いていると、すぐに昴台サナトリウムの塀が見えてきた。その瞬間、弥子さんが楽しそうに声を上げた。繋いだ手を振り解《ほど》いて、塀に向かって駆けていく。そして、さっきまで繋いでいた手が、鯨の黒い肌に触れた。

「『二月の鯨』だね。私この絵好きなんだ」

弥子さんが鯨の前に立つと、弥子さんは一層小さく見えた。鯨は弥子さんのことなんか視界に入れないで、悠々と塀の中を泳いでいた。

「これね、私がサナトリウムに来る少し前に話題になったんだよ。『二月の鯨』って雑誌で命名されたんだって」

「あれ読んだんですか。金塊病を奇病呼ばわりしてきた記事なのに」

「それはともかくとして、タイトルセンスは好きだったんだ。ここに入る時に、これが例の鯨なんだって思うとテンション上がっちゃってさ。懐かしいなぁ」

弥子さんはそのまま鯨に頬擦りせん勢いだった。別に残念だったわけじゃないけれど、絵の鯨に触る為に振り解かれた手が何だかやるせない。

「五十二ヘルツの鯨って知ってるかな」

鯨に触れながら、弥子さんがそう尋ねてきた。

「知らないです」

「その名の通り、五十二ヘルツで鳴く鯨のことなんだ。五十二ヘルツっていうのは他の鯨の鳴き声よりも、ずっと高い周波数でね。この周波数で鳴く鯨はこの世にその一頭しか存在しないから、その鯨は他の鯨と交われない。声がね、聞こえないから。五十二ヘルツの鯨は、世界で一番孤独な鯨なんだ」

「何でそんなことになったんでしょう」

「さあね。でも、誰だって孤独に生まれたくて生まれるわけじゃない」

弥子さんはその鯨はたった一頭で泳ぎ続けていること、今もなお様々な海で定期的にこの鯨の鳴き声が検出されているのだということを続けて語った。

「でも、人間には聞こえるんですね。それで人間の間では感傷的な寓話《ぐうわ》ってことになってるの、何か二重に可哀想《かわいそう》ですよ」

「そうかな？　こうして地上の人間がその声を聞いているんだって知ったら、私がその鯨だったら慰められるけどなぁ」

そう言って、弥子さんは静かに目を閉じた。絵に描かれた鯨の声を聞こうとしているかのようだった。

「この鯨を見た時、その話を思い出したんだよ。もしかしたら、この鯨は私にだけ聞こえる周波数で鳴いているのかもしれない」

「周波数ですか……」

「ねえエト。エトだったらこの鯨の横に何を描く？」

その質問はこの間も聞いたな、と思いながら投げやりに答える。

「そもそもペンキ買えませんよ。馬鹿にならないくらい高いんですから」

「じゃあ言い方を変えるよ。三億近くのお金が入って、好きなだけペンキを使えるようになったら何を描く？」

何かしら機嫌を損ねたのか、弥子さんは意地悪くそう言った。そうまで設定されると完敗だった。ややあって、僕は仕方なく答える。

「……チェッカー盤ですかね」

「壁に描いてあっても使えないだろ」

「いいじゃないですか。チェス盤にもなるし」

「その時はちゃんと駒まで描きなよなー」

そう言いながら、弥子さんはようやく鯨から離れた。そして、ごく自然に僕の方に手を伸ばす。

「はい」

「何ですか」

「手だけど。繋がないの？」

「繋ぐ理由とか無いですよね」

「繋がない理由も無いだろ」

そんなことを言い合っている内に、弥子さんは少しだけ強引に僕の手を取って歩き出した。弥子さんの手は相変わらず冷たく硬く、けれどしっかりとこっちの手を握ってくれていた。

振り解くことも出来た。けれど、正面に回るまで、入口に着くまで、と考えている内に、病室まで辿り着いてしまったのだから笑えない。どういうわけだか、手を繋ぐだけのことが酷く大切な気がしてならなかった。

馬鹿げた話だけれど、今日弥子さんが手袋を忘れてくれていてよかった、と心底思った。弥子さんの手がこんなに冷たいことすら、僕は今日初めて知ったのだ。

そんな有様だったから、チェッカーも当然負けた。弥子さんは僕の弱さを笑い、僕は今日も数手前のミスを探す。勝ち誇る弥子さんの顔があまりに幸せそうなので、何だかこのまま一生勝てなくていいかもしれないな、とすら思った。そのくらい、今日のことは衝撃的だったのだ。

だから忘れていた。

僕が一生弥子さんに負け続けることは出来ないのだということを。病は静かに弥子さんを蝕《むしば》み、全てを壊す日のことを待っていたのだということを。

▼83日前

六月を迎えるにつれ、弥子さんの体調が少しずつ悪くなっていった。この季節の昴台は雨が多く、弥子さんは窓を開けられないことを嘆いている。それでも僕が来る度に弥子さんは笑顔を見せた。僕が声を掛けるまでは、しんどそうに肩で息をしていたのに。

「雨ってやだよね。こういう時って癒着部が痛むんだ」

「癒着部って何ですか？」

「硬化している部分と硬化してない部分の境目なんだけど、自分の肉が冷たい石にくっついてしまってるみたいで痛いんだ。ある程度過ぎたら収まるんだけどね。自分がどんどん変わってるのを感じるからどうにも慣れない」

「怖いですか？」

「いいや、だって私は知っているから」

その言葉を聞いた僕はといえば、密《ひそ》かにぞっとすることしか出来なかった。傍目《はため》からは分からないけれど、弥子さんの身体は今も刻一刻と変化を続けているのだ。

「……なんて、エトが心配することじゃないよ。大丈夫。そもそも私だってここでダラダラしてるだけじゃないんだよ。リハビリもしてるし、薬もちゃんと飲んでるし。うーん、夏になったら多少良くなるさ」

「本当ですか？　医学的根拠は？」

「……生意気」

言いながら、弥子さんは僕の頭をわしゃわしゃと撫《な》でた。

「ちょっと、やめてください」

「エトが心配すべきは未だにチェッカー激弱なところだよ。どうなの？　もう八十回以上は戦ってると思うんだけど、未だに惜しいところにも届かないよね」

「百回いくまでには頑張ります」

「伸びしろはありそうなんだけどなー。エトは裏の裏を読もうとして小難しくやりすぎ」

「分かってるんですけど、ちょっと今撫でた勢いで髪の毛抜けましたよね？　それはマジで駄目です」

「お話し中のところ失礼しまーす」

その声に振り向くと、看護師の仁村《にむら》さんが立っていた。ぴしっと纏めた髪の毛から一房だけ、触覚のような前髪が垂れている。

「検査タイムです。今日はあとちょっとなので頑張っちゃいましょう」

「あ、もうそんな時間か。外が暗いとわかんないよね。それじゃあエト、今日はここまでで」

「ごめんね江都くん。弥子さん借りちゃうね」

空っぽの車椅子を押しながら、仁村さんは困ったように笑った。

仁村さんは弥子さんと一番長い付き合いの看護師さんだった。ここに出入りするようになってから僕も随分お世話になった。弥子さんは仁村さんに気を許しているようだったし、仁村さんがやって来ると少しだけ表情をやわらげるのが常だった。

けれど、今日は違った。弥子さんは表情を強張らせながら、仁村さんのことをじっと見つめている。

「そんなに体調が悪いわけでもないですし、実験場までは歩いて行けますよ」

そして、何だかわざと露悪的にそんなことを言った。すっくと弥子さんが立ち上がり、仁村さんの後ろに着く。

「それじゃあまたね、エト」

「あの、」

「うん？」

「頑張ってくださいね。……検査？　とか」

もう少し気の利いた言葉を言いたかったのに、どうにも微妙な言葉が出た。

「大丈夫だよ。どうあれ、私は近付いてる」

「何にですか」

「正解に」

その意味を聞くより先に、弥子さんは行ってしまった。

▽

こうして夜道を歩いていると、僕にとっての正解は何だったのだろう、と思ってしまう。あの時点で弥子さんの見ている正解は別のものだった。

その正解について、もう少しちゃんと考えていれば良かった。弥子さんに聞いておいても良かったかもしれない。

車椅子を押しつつ、病室から持って来た地図を確認する。

昴台のことを何でも知っていると豪語していた弥子さんの地図は、結構小さなものだった。昴台の全景と、山を越えたその先少ししか載っていないのだ。

この地図を見ると、やっぱり昴台は小さく、そこに囲われているだけのサナトリウムの小ささも窺《うかが》い知れた。

方向だけ確認して、道なりに進むことにした。

坂道が段々キツくなっていく。

更に厳しいことに、この先には建物を示す印が付けられていた。

誰かが住んでいる。僕の車椅子に載っているものに気付く誰かが。

▼74日前

長い梅雨の季節。

僕と弥子さんにとって決定的なことが起こったのはその頃だった。

すっかり忘れていたけれど、僕らの生活の中心にあるものはチェッカーではなく、多発性金化筋線維異形成症という致死の病だった。

この頃になると、僕らは大分仲良くなっていたし、お互いのことを色々と知るようになっていた。弥子さんが未だにキュウリが食べられないことや、どうして歴史に興味を持ったのかも今は知っている。あるいは、チェッカーの打ち筋や、どんな戦法を好むかなんかも今は分かる。

そんな蓄積を、病の方は少しも考慮してくれない。どうにか成り立っていた僕らの日常を、たったの一手で砂にしてしまう。

その日はいつも訪れるよりずっと早い時間の訪問になった。雨続きで弱った分校の校舎に穴が空き、職員総出で校舎の修繕をすることになったのだ。当然、今日の授業は中止になった。

分校ではこういうことが度々起こる。こういうところも、外の学校とは違う部分だろう。継《つ》ぎ接《は》ぎだらけでどうにかやってきた昴台分校は、息継ぎをするような休憩を必要とするのだ。

晴充を含むアクティブな面々は、これに乗じてスポンサー集めに行った。あれから徐々に広告を出してくれるところは増えたものの、目標にはまだ少しだけ足りない。それどころか晴充は、目標プラスアルファの利益を目指しているらしい。まだスポンサー集めは終わらないだろう。パンフレット班である僕は、後から頑張ることになるだろう。

僕はいつものようにサナトリウムに向かった。昼前にサナトリウムに行くのは初めてだったから、家からこっそり持って来たパンを携えて行く。

受付に挨拶してから、弥子さんに連絡しておいた方が良かっただろうかと思った。『弥子さん、今日学校無いみたいなので』『来ちゃいました』という文面を打って、やっぱり消した。木立の弥子さんを真似出来るほど、僕には可愛げが無い。

弥子さんの部屋の前に差し掛かったところで、メッセージを送らなかった自分に痛切に感謝した。

断末魔のような悲鳴が僕の耳に届く。

「嫌だ！　やだよ！　そんなの絶対やだ！　嫌だってば！」

弥子さんの声だった。

「そんなの嘘だ！　だって、検査の結果は、検査の結果は悪くなかったのに！」

平素とはまるで違う悲鳴の後に、子供のようなわあぁーっという泣き声が響く。僕の知っている弥子さんと、その爆発のような泣き声は少しも結びつかない。火のついたように泣き続ける弥子さんを、周りの看護師さんが宥める音が聞こえる。ばたばたと音がする辺り、弥子さんはあの細い身体を跳ねさせて暴れているのかもしれない。

それだけで僕は平静を失った。足が震えて息が荒くなる。その上で、弥子さんに気づかれないように息を止めた。その間隙《かんげき》を縫うように、弥子さんの悲痛な声が響いた。

「脚を切るのは嫌だぁ……」

そのあまりにも単純な悲しみの声に、僕は息を呑《の》む。

「そんなことしたって意味なんかないくせに！　畜生、切るくらいなら殺せ、さっさと殺せばいいだろ……」

病室にはどうやら十枝先生が居るらしく、このまま手を打たないと硬化が予想以上の速さで進んでしまうこと、手術さえすれば進行を一時は食い止められることなどを説明している。

それを陰から聞いている僕は、十枝先生の言っていることを尤《もっと》もだと思っていた。つくづく冷静な脳味噌《のうみそ》だ。弥子さんが死んでしまうくらいなら、手術を受けた方がいいことを知っている。けれど、弥子さんの怒りと悲しみがそんな理屈だけで収まるはずがない。

「……ああ、そうだ！　私の脚が切られたら、そこの脚だけ変異するんだろ！　切り取られれば死んだも同じだ。その数十センチがこの病気の解明の一歩になるんだろうさ！　検体がさっさと欲しいんだろ！」

分かっている。弥子さんの言葉は本心じゃない。十枝先生がそんな人じゃないことは、弥子さんが一番知っているだろう。

でも、弥子さんがこの苦しみを表現する術はこれしかない。ずっと手を尽くしてくれている相手に心無い言葉を言うくらい追い詰められているのだと、きっとそう叫びたいのだ。

周りの人は誰も弥子さんのことを責めなかった。責められるはずがなかった。誰からも殴り返されない弥子さんの暴言は段々と小さくなり、弱くなり、そして、彼女自身が啜《すす》り泣《な》く声に負けていく。

「いくらになる」

その時だった。弥子さんは消え入りそうな、けれどはっきりとした声でそう尋ねた。

「いくらになる」

もう一度言った。一枚の壁を隔てているのに、涙に濡《ぬ》れた目で睨むようにこちらを見る弥子さんを幻視する。

右脚一本で四千万以上にはなるだろう、と十枝先生が言って、そこでようやく弥子さんのヒステリックな呻《うめ》き声が、小さな啜り泣きの声に変わった。安心したのだ、ということに気が付いて胃液が込み上げた。

弥子さんの壊れそうな精神をすんでのところで支えているのは、自分の身体に疑いようのない価値があるという事実だけなのだ。

単なる喪失は、人の心を容易に蝕む。『脚を切らなければいけない』というどうしようもない悲劇に四千万円が紐付《ひもづ》いているだけで、弥子さんは少しだけ救われる。その紐の先に、僕がいるのだと思うと震えが走った。

僕は足音を立てないように、わざわざスリッパを脱いだ。そのまま、誰かが出てきてしまう前に廊下を走った。足が縺《もつ》れて派手に転ぶ。骨と床のぶつかる容赦の無い痛みが脳まで響く。

「大丈夫ですか？　江都くん」

見かねた受付の人が脇の扉から出てきてくれる。その手を取りながら、僕は必死に言った。

「僕が今日ここに来たことを絶対に言わないでください、お願いです。お願いします。絶対に、都村さんには、言わないでください」

鬼気迫る様子でそう言う僕に対し、受付の人は驚き混じりで頷いた。それに合わせて、サナトリウムを駆けて出る。

聞いてはいけなかった。知ってはいけなかった。

弥子さんはずっとこんな激情を抱えていたのだ。けれど、チェッカー盤を隔てた弥子さんは、全ての悲劇を置き去りにして笑っている。

そのことを知ってしまった僕が、今までと同じように弥子さんを見られるはずがなかったのだ。

▼73日前

「右脚を切ることになった」

案の定というか、予想通りというか、翌日の弥子さんは開口一番そう言った。それも、いつものような何でもない口調だった。

「右脚の指の硬化が想像以上に速いんだって。そこから筋肉の硬化や骨の変質が起こっている。だから、ここを切断してしまえば進行が食い止められるかもしれないんだ。だからこれは、ある意味明るいニュースだよ」

そう言って、弥子さんがからからと笑う。

昨日のことさえなければ、僕はすっかり騙《だま》されていただろう。勿論ショックは受けていただろうが、弥子さんは全てを受け入れているんだ、と信じられていたはずだ。何せ弥子さんはとっても演技が上手いのだし、僕はそういう類《たぐい》の嘘を信じたくてたまらない。

「ここだけの話、もし主要病巣である右脚を切断したら、硬化自体が止まるかもしれないんだ。実際に、私より先にここに入院していた患者の一人に、この切断治療で半年以上も硬化が起こらなかった人がいるらしい。これで悪いところを切ってしまえば病気が治るかもしれないんだよ」

僕は何も言えない。それは確かに明るいニュースだ。けれど、このサナトリウムに入院している患者は弥子さんを除いて他にいない。そして、昴台から出た金塊病患者はいない。その二つが組み合わさった後に導き出される結論に、弥子さんが気が付いていないとは思えないからだ。

昨日聞いた、怒りに満ちたやるせない悲鳴。

「それは確かに……明るいニュースかもしれないですね。手術をしたら、治るかもしれないんでしょ」

「ああ、そうだよ。車椅子ならエトに押してもらえばいいし、元より失うのも惜しくないような身体だからね。一《いち》か八《ばち》かに賭けたところで、どうなったって私の勝ちだ」

弥子さんは弱音を吐かない。

僕は弥子さんの脚が切断されるより先に、あの場所を通りかかったことに感謝してしまう。弥子さんがあの時僕に声を掛けたことすら、きっと得難い幸運だった。その事実が、更に気分を落ち込ませた。弥子さんから可能性が失われていくのは、恐ろしい。

「もし私が治ったら、エトの世界を変えてあげられないね」

「僕はまだチェッカーで勝ってません。どうせ同じです」

「ああ、そうだった。私は負けずのチャンピオン、マリオン・ティンズリーになる可能性もあったんだった」

　こうして釘《くぎ》を刺しておかないと、弥子さんがその前提を忘れてしまいそうで怖かった。弥子さんは絶対に負けない。弥子さんに勝たなければ、僕は三億円を貰えない。弥子さんが治ろうが死のうが、チェッカーで勝てない僕には関係が無い。

「それじゃあチェッカーでもしようか。今日も負けやしないよ」

　これもまたいつも通りの流れだ。盤が置かれる。駒が並ぶ。

　弥子さんは今日も滞りなく強く、僕の三手先まで読んで駒を進めてきた。あれだけ取り乱しても、弥子さんは少しもミスをしない。

「あれ、エト今日はちょっと強いね」

　成りを防ぐ僕に、弥子さんは意外そうにそう言った。

「これだけやってればミスとかは減りますよ」

「……成長するね。うん、いいよ。それでこそ人間だ」

　相槌が上手く打てないのは、息を吐く度に涙腺が緩んでしまいそうだからだ。

　ここで泣いたら全てが終わりだと思った。弥子さんが目の前で耐えているのに、ここで泣いたら意味が無い。奥歯が割れそうなほど歯を噛みしめていると、初めて僕の駒が盤の端に――王に成れる場所に到達していた。

「お……」

弥子さんもこの進軍に驚いているようで、小さく声を上げた。今日は弥子さんの攻め手の隙が見えた。弥子さんの進める駒の流れの間を縫うように、弥子さんの肌に触れられた。

「……王だ。取った駒、上に載せて」

弥子さんが、取られた赤い駒を指し示す。その言葉で我に返った。

「あっ、ああ、その、そうでした」

「エト、それを……。何、別に王に成ったからって勝ちってわけでもないのに」

「わ、わかってるんですけど」

最悪なことに、摘《つま》み上《あ》げようとした赤い駒は宙を飛び、床に落下した。カン、と乾いた音をして転がる駒を追って、僕も一緒に床に落ちた。最低の連鎖だ。全く笑えない上に、鳩尾《みぞおち》まで打った。思わず悶絶《もんぜつ》する僕の前で、弥子さんがひょいと駒を摘み上げる。

「なーにやってんだか。馬鹿だね」

痛みに耐えながら座り直すと、僕の駒に、弥子さんの赤い駒が載っていた。

「端に到達し、背負えば王だ」

弥子さんは目を細めてそう告げる。

「よくここまで来たね、エト」

「王って……何が、出来るんでしたっけ」

「や、私の王の動き見てたでしょ。前にも行けるし後ろにも下がれるんだよ。好きなところに行けるの」

「好きなところに」

弥子さんの駒を背負った僕の王が、弥子さんの一番近いところに居る。赤い駒を背負った黒い駒は、弥子さんの王に比べてどうにも弱そうに見える。でも、弥子さんの駒を背負ったまま、この王はチェッカー盤の何処にでも行けるのだ。

その有様が酷く羨ましかった。

ああして弥子さんの痛みごと、僕が背負えたらいいのに。そう痛切に思った。

「……すいません、弥子さん」

「何、どしたの」

「ちょっと気持ち悪くなってきたので吐いてきます」

「えっ、ちょっ、盤面覚えときなよ！」

これは別に弥子さんの前で泣いてしまいそうになったからというわけではなく、鳩尾を強く打ったからだ。僕はそのままトイレで吐いた。涙を出す代わりに別の物が出た形になる。

口をゆすいで戻ると、もう僕の快進撃は終わってしまっていて、いつものように負けパターンに入った。嘔吐《おうと》と一緒に勝ちの種も一緒に流れていってしまったみたいだ。

でも、その代わりに分かったことが一つあった。

「王に成った時はヒヤヒヤしたけどね。どう？　まだやる？」

「……やります」

僕は弥子さんのことを、どうしようもなく好きになってしまっていた。

▼68日前

月野さんの手が滑り、看板の一つに大きな赤い染みが出来る。落下したハケはバウンドして、僕の身体にも赤いペンキが付いた。月野さんはぞっとした顔をして、悲鳴の代わりに「ごめん！　江都くん！」と短く叫ぶ。

「大丈夫だよ。大して付いてないし」

そもそも縒《よ》れたジャージだし、気にすることもない。けれど、月野さんは途方に暮れたような顔をしてハケを拾い上げると「どうしよう……台無しになっちゃった」と言った。

月野さんがハケを落としたのは、校庭に飾る予定の巨大な猫のタテカンだった。可哀想な猫は、赤いペンキで前脚の部分が潰れてしまっている。

「凄い上手く描《か》けてたのに、どうしよう」

月野さんは殆ど泣きそうな声でそう呟いている。ただならぬ雰囲気を察知したのか、教壇の近くで作業をしていた晴充までこっちにやって来てしまった。

「あーあ、何やってんだよ。ていうかそんな世界が終わったような顔するなって。乾いた後に上から描けば大丈夫だよ。なあ、江都」

「うん、問題ないと思う。先に猫の後ろの太陽だけ塗っちゃえばいいんじゃないかな。赤のペンキ渇いちゃうし」

「でも、絶対ここの部分は他と変わっちゃうよ。取り返しつかないもん」

なおも愚図ろうとする月野さんから、さりげなくハケを回収して、輪郭線だけだった太陽を塗ってしまう。

部分的に描き直された猫は、元の猫と大差ないだろう。それでも、月野さんの中ではずっと『前の方がよかった』ことになるのだろう。失われたものの方がずっと魅力的だからだ。世の中の愛着にはそういうタイプのものが確実に存在する。

そして、その事実は酷い毒になって僕を蝕む。

弥子さんの手術の日まで、僕は生きている心地がしなかった。弥子さんのことが好きだと自覚してしまったことで、尚更《なおさら》酷くなった。それでも、弥子さんにその諸々を打ち明けるわけにもいかない。

そもそも、僕が好きだと言ったら、弥子さんはどんな反応をするだろうか。もしかすると相手にもされないのかもしれない。子供が何を言ってるんだと揶揄われるかもしれない。そんなことを言われたらいよいよ立ち直れなくなってしまう。

弥子さんは手術前なのに落ち着いていて、チェッカーで僕を負かして楽しそうにしていた。あれ以来、王に成ることすらままならない。無理矢理成ろうとした瞬間、辺りを包囲されているなんてこともザラだった。一番良かった戦績は引き分けだ。

お互いの駒が一歩も動けない膠着《こうちゃく》状態。弥子さん曰く、こういうことはチェッカーのみならず、チェスや将棋でもあるそうだ。千日手《せんにちて》、というらしい。

「ついにここまで来たとはね」

「こういうのよくあるんですか」

「本当は結構ある。今までは君と私の実力差が大きかったから起こらなかったけど」

その言葉に密かに落胆したものの、弥子さんの方は嬉しそうだった。

「生憎、私の方には千日も残ってないからね。仕切り直そうか」

何処にも行けない盤面は、そのまま僕と弥子さんの状況を表しているようにも見えた。膠着状態の千日手。その先に弥子さんはいない。

どうしていいか分からなかった僕は、差し当たって話せそうな人に相談した。

一階でふらついていた十枝先生を捕まえて、近くの部屋に引きずり込む。けれど、僕の話を聞いた十枝先生は、ただひたすらに眉を顰めるだけだった。そして呆《あき》れたように言う。

「君な、いきなり浮《うわ》ついたことを相談に来るんじゃないよ」

「浮ついたことって何ですか。……僕はその、弥子さんは僕のことをどう思ってるんでしょうって話をしに来ただけです」

「これで弟みたいなものって言ったらまた喚《わめ》くんでしょう」

「喚きはしませんけど……。その、ずっと思ってたんですよ。どうして弥子さんって僕に相続させようとしたんでしょうか」

「知るわきゃないでしょ。こっちだって江都くんにってことしか聞いてないんだもの」

「十枝先生も知らないんですか」

「案外、そこに君がいたからじゃないの」

「……ちょっと傷つくんですけど」

「いいじゃない。君以外はそこにいなかったんだから」

そう言われると、あの日の巡り合わせに感謝するしかない。他の誰でも良かったけれど僕で良かった。弥子さんはチェッカーに自分を託すような人だから、あの瞬間の運命に全てを懸けてもおかしくないのだ。

「にしても、ませてんねー。ちょっと予想してたけど、まんまと都村さんに惚《ほ》れちゃってさ」

「……もう仕方ないじゃないですか」

「お、否定しない」

「否定出来たらよかったんですけど」

「よかったんだけどな」

十枝先生はまるで悪天候を嘆くかのような声でそう言った。

「俺個人の話で言うとね、金塊病の患者に惚れるのは勧めない」

「……それは、弥子さんがいずれ死んでしまうからですか？」

「それもある」

だとすれば『それ以外』はなんだろうか。差し挟まれた僕の疑問符に、ゆっくりと解が差し挟まれる。

「……あの、十枝先生」

「何？」

「金塊病は価値を食う病だって言った人がいたんです。金塊病の患者を好きになった時、周りの人間は証明し続けなくちゃいけないんですって。……その人を好きだってことを」

「ああ、三億円じゃなくその人をってこと？」

「露骨に言いますね」

「でもな、この場合において三億円と都村さんは同じものだよ」

十枝先生は真面目な顔をしてそう言った。

「勧めない理由はこれですか？」

「それもある」

さっきとは違ったトーンで、十枝先生は言った。

「なら、証明する方法ってないんでしょうか。……これさえ証明出来れば、僕は弥子さんのことをちゃんと好きでいられますか」

「待った待った、あのねえ気持ちの証明なんて出来るはずないのよ。恋とか愛とか、打算だって目には見えないんだから」

「だって、それならどうしたらいいんですか。そんなの」

「みんなそういう不自由な中でやってんの」

わかった風な顔で十枝先生が言う。でも、金塊病に罹っている弥子さんにとっては、その普通は通用しないんじゃないだろうか？

「でもまあ、しんどくても好きなんだからそれこそ仕方ないでしょ。こういうのってダメって言ったって無駄なんだから、潔く都村さんに振られた方が効くんでしょうよ」

「やっぱり振られると思いますか？」

「ああ、何か面倒な展開になってきた」

十枝先生がひらひらと手を振って匙《さじ》を投げる。

帰りなさい、とでも言いたげな十枝先生に向かって「あともう一つ」と言う。何もこんな恋愛談義の為に先生を呼び止めたわけじゃない。浅く息を吐いてから、僕は言った。

「弥子さんの手術について聞いてもいいですか」

十枝先生はあからさまに迷いを見せながらも、口を開いた。

「都村さんからはどう聞いてる？」

「硬化が始まった脚を切るとしか聞いてないです」

「まあ、簡単に言うとそうなんだけど」

「脚を切ったら、弥子さんの病気は治るんですか？」

「それは分からない。分かっているのは、硬化を放置していたら確実に死ぬってことだけだ」

分かっていた話なのに、心の奥が冷えていく感覚がする。

「あの病には明確な治療方法が無い。勿論、国から認可が出た新薬は随時試しているし、都村さんに協力してもらって病気そのものの解明はしようとしている。もしかしたら、今回の切除で進行を遅らせて、その各種治療が上手くいけば治る可能性はあるだろう」

「……そうですよね」

「これからの展望についても聞く？」

十枝先生がわざわざ聞いてくれたのは、きっと僕のことを慮《おもんぱか》ってくれているからだろう。それでも、ここまで来て止まれるはずがなかった。

「はい」

「この硬化ペースだと、都村さんは恐らく三ヶ月も経たない内に死ぬ」

一瞬だけ息を呑んだ。それでも目を逸らさない。十枝先生の次の言葉を待つ。

「この病気で亡くなる時は、何も全身が硬化しての死ってわけじゃない。どちらかというと、致命的な部位に硬化が起こることが原因だ。血栓とかに近い」

そう言いながら、十枝先生は近くにあったMRI写真を引っ張ってきた。それを指差しながら、先生は続ける。

「上半身の硬化が見られた時が一番怖い。といっても、症例自体が少ない病気ではあるんだけどね。首から上……じゃないにしろ、胸から上に硬化が出ると、かなり危険なんだわ。硬化が起こって致命的になるのは主に肺、首、脳、心臓。ここは手術で摘出することも出来ないし、硬化した時点で手遅れになってることも多い」

「弥子さんにはまだその兆候はないんですか？」

「右腕に若干の硬化が見られるけれど、今のところ彼女にそれらしいものはない。でもね、これだっていつ変わるか分からない」

「三ヶ月っていうのは……」

「脚の切断を行うくらいの段階だと、上半身に硬化が起こるのも時間の問題だ。三ヶ月。そうだな、長くて三ヶ月かね」

十枝先生は少しもオブラートに包むことなく、はっきりとそう言った。その態度が、今は逆にありがたかった。

「どうよ、これでもまだ振られるの怖い？」

「当たり前じゃないですか」

「だよなぁ。俺もその立場ならそうだわ」

十枝先生はまるで他人事のように笑っている。

ふと、病室のカレンダーに目を向けた。狂うことの無いそのスケジュールによると、どうやら弥子さんは夏の終わりと共に死んでしまうらしかった。

命の消費期限について考えながら家に帰ると、中は地獄の様相を呈していた。部屋の物という物が壊されている。倒せるものは全て倒して、割れるものは全て割って行ったのだろう。こんなことをする人間は一人しかいない。

テーブルには力無く座る北上さんが居た。見るからに憔悴《しょうすい》した北上さんが、僕のことをちらりと見る。ややあって、心底疲れ切った声がした。

「……彼女はいないよ。何処かに行ってしまった。恐らく気が済んだら帰って来ると思うんだが……」

何があったのかは分からないが、母親が何かしらの癇癪を起したことは察せられた。そして、そのきっかけになったのは恐らく北上さんであろうことも。

北上さんと母親は、たまにこういう諍《いさか》いを起こす。原因は何かよく分からない。北上さんの唯一の私物である本棚も無残に倒されている様は、今回の吹《ふ》き零《こぼ》れが酷いものであったことを示していた。

こういう時に僕が居たら、僕を緩衝材にしてそう酷いことにはならないのだけど、生憎僕が不在だったわけだ。

山に囲まれた昴台の、この小さな家に囲われた僕と北上さんは、何処にも行けずに荒れた部屋の中で縮こまっていた。二階に行くことも出来ずにいる僕に対し、北上さんは弱々しく笑った。

「……例の女の子のところに行ってきたの？」

「えっと……そうです」

「そうか」

そう言うと、北上さんはゆっくり立ち上がって何かを取り出した。海と空の中間のような、紺色のスマートフォンケースだった。

「……渡そうと思ってたんだ。遅くなって申し訳なかったね。今まで不便じゃなかったかい？」

「あっ……その、落とさないようにって気を張ってました……。ありがとうございます」

「江美子さんには内緒でね」

この間よりずっと憔悴した声で、北上さんが言う。その声はもう、過去の北上さんとは重ならない。

「……ありがとうございます……」

「君はその子のことが大切なのかな？」

スマホケースを手に押し付けながら、北上さんはそう尋ねてきた。

「……大切です」

「そうか。そうだな」

北上さんは二、三回頷いてから小さく呟いた。

「私もね、江美子さんのことがとても大切だった。けれどね、もう彼女にそれを理解してもらう方法は無いのかもしれない」

それは、十枝先生との会話でも出てきた話だった。

「だからね、日向くんにはその子のことをきっと大事にして欲しい。私が言えた話じゃないと思うんだけどね」

「そんなことありません。僕は……北上さんに感謝しています」

北上さんは昴台に来てくれた。そして、ここをどうにか立て直そうとしてくれた。それだけで僕にはありがたかったのだ。

倒れた本棚を縦に戻すと、床に散らばった本に迎えられた。落ちた本のどれもを、僕は読んだことがあった。北上さんが薦めてくれたからだ。

僕はその内の一冊を手に取る。黒い表紙のハーマン・メルヴィル。そういえば僕はこの話が好きだったな、と思った。

▽

遠目に光が見えた時点で逃げ出そうか迷った。けれど、ここから引き返したところで、光の持ち主からは逃げようとする僕が見えることだろう。なら、少しでも距離を稼いだ方がいい。マフラーを引き上げて弥子さんの顔を隠す。

光の正体は老人の持っている懐中電灯だった。首にタオルを巻いた六十絡みの男は、容赦なく僕らを照らす。そして、容赦ない追及が飛んだ。

「こんな夜更けに何してる？」

それはお互い様だろ、と言いたくなるのを堪えて、どうにか笑顔を作った。

「……両親の車を待ってるんですけど、行き違ってしまって。もう少し先に道の駅があるので、そこで待ち合わせようって」

「へぇえ」

まるで試すかのような声だった。懐中電灯が僕を照らし、次いで弥子さんの膝の上のブランケットを照らした。そこにある奇妙な空白に気が付いたのか、老人が言う。

「足が悪いんかね」

「そうなんです。……事故で、失うことになって」

「大丈夫かい、この子。随分具合悪そうだけど」

車椅子のハンドルを強く握る。もしこの人が弥子さんを隠しているマフラーを剝いでしまったら。そうでなくても覗《のぞ》き込《こ》もうとしてしまったら。その時点で全部終わりだ。この人は事態の異常さに気が付くだろう。僕は努めて平静を装いながら、小さく言う。

「疲れちゃったみたいで、眠ってるんです。起こしたくなくて」

「すいません、もう行かないと。また行き違っちゃう……」

「ふうん、そうかい」

僕はそれだけ言って、車椅子を押して歩き出した。懐中電灯の光はまだ僕らの方を照らし続けていて、行く先の道路を仄《ほの》かに明るく染めていた。

追って来ないでくれ。弥子さんのことに気が付かないでくれ。祈るように車椅子を押していると、椅子の上の弥子さんがぐらぐらと揺れた。頭に被せていた方の毛布がぱさりと地面に落ちる。

拾い上げようとした瞬間、声がした。

「そっちはねぇ、行き止まりだよ。車なんか、来ねえよ」

僕は聞こえなかった振りをして車椅子を押した。毛布を置き去りにしたまま、さっきよりもずっと速いスピードで歩き出す。

怖くて振り返れなかった。気付けば辺りは更に獣道めいてきていた。毛布を失った弥子さんは、白い顔をしたままぐったりと項垂《うなだ》れていた。

命の全てを使い切ってしまったような顔で睫毛《まつげ》を震わせる弥子さんを見ると、息が詰まった。

こんな気持ちになるのはあの時以来だった。

▼64日前

弥子さんの右脚の切断手術の時。

あの時は一週間もの間、弥子さんのところに行かなかった。

弥子さんが意図的に僕を遠ざけたわけじゃない。単純に手術前の弥子さんは忙しかったのだ。各種の検査は勿論のこと、術前に色々試すべき処置があるのだという。

『そうならないように頑張っている』という十枝先生の言葉を思い出す。その通り、この施設は弥子さんを生かす為に動いているのだ。

対する僕はただ祈るだけだった。弥子さんの病室に通い詰めていた生活から、一転して何もすることが無い。とはいえ、突然家に早く帰るようになるのも不自然だ。悩んだ末、分校で暇を潰すようになった。

弥子さんから貸してもらった新品の盤と、白黒の駒で一人チェッカーをした。あの傷だらけの盤の上でやったゲームを思い出しながら、あの時どうすれば良かったのかを考えるのだ。もう少しだ、という手ごたえがあるのに、どうしてもあと一歩のところで及ばない。弥子さんが駒を動かす理由は、大体六手後で理解した。弥子さんはあの盤の上で先の先を見ている。それがどうして自分には出来ないんだろうか？

チェッカーの打ち筋を思い出す度に、その時の弥子さんのことを思い出した。これを打っている時の弥子さんは楽しそうだった。これを打っている時の弥子さんは拗《す》ねていた。誰も居ない盤の向こう側に、弥子さんの影があった。

最終的には、チェッカー盤に突っ伏す羽目になった。こんなことで強くなるはずがない。これじゃあただの追想だ。僕のチェッカーの一手一手には都村弥子という人間が息づいている。

その時、弥子さんとチェッカーがしたかった。手術は恐ろしいのに、それしか考えられなかった。

その時、弥子さんがいなくなったら、ずっとこの放課後を生きて行かなくちゃいけないのだ、と思った。

弥子さんの手術は無事に終わった。

そのことを聞いたのは、午後十一時過ぎだった。予定よりずっと長引いたけれど、弥子さんの命に別状はないという。それを聞いた瞬間、僕は家を抜け出してサナトリウムに向かった。

「中学生が来ていい時間じゃないでしょ」

仁村さんは当たり前のことを言った。けれど、ここで引き下がるわけにはいかなかった。

「お願いです。私も、目が醒《さ》めた時に、誰かがいた方がいいと思うんです」

「そうだね。目が醒めた時に江都くんが居てくれた方がいいと思う」

仁村さんは溜息交じりにそう言うと、僕のことを通してくれた。

眠る弥子さんは、透き通るように白い肌をしていた。微《かす》かだけれど、呼吸をしている。

掛け布団の膨らみがあるべき場所に無い。後頭部がじんわりと熱くなり、息が速くなる。

でも生きている。弥子さんがここに生きている。

その時、切実に思った。

弥子さんのことが好きだ。でも、僕はそれをどう伝えたらいいのか分からない。ただ好きだと伝えたところで、僕達には先が無い。数年先を想像出来ない弥子さんに、どうやって愛を証明したらいいんだろう？　あるいは、三億円の値がつけられる弥子さんに、どう愛を証明出来るだろう？

僕は何の力も無い中学生で、そのことが尚更悲しかった。せめてもう少しだけ早く弥子さんと出会いたかった。史学を勉強している頃の弥子さんと出会って、他愛の無い話をしたかった。そんな数えきれないほどのもしもを潰している内に、窓の外が明るくなっていく。

「…………エト……」

その時、弱々しい声で弥子さんが僕を呼んだ。

ベッドに横たわる弥子さんが、こっちをじっと見ている。僕は咄嗟《とっさ》に駆け寄って、弥子さんの手を握った。冷たい。そもそも、手術が終わった直後の人間の手に触れることが適切なのかも分からない。傍に居ることの作法が分からずに、僕の身体は硬直する。

けれど、そんな緊張の全ては、横たわった弥子さんがふっと笑ったことで消し飛んでしまった。

「弥子さん、弥子さん」

まるで子供のように弥子さんの名前を呼ぶ。弥子さんにもっと言いたいことがあるはずなのに、全然言葉が出てこなかった。その代わりに、弥子さんの手を取った。冷たいけれど、生きていた。

「お疲れ様です。弥子さん、本当に……すごい……」

「……ああ、エト、ここにいてくれないかな……。ここは寒いし、喉が渇いたんだ……話し相手が必要だ……」

弥子さんが弱々しい声で言う。随分辛そうだけれど、術後は麻酔の影響が無くなるまで水分を取らせてあげられない。小さく開閉する弥子さんの唇が乾いているのを見て、それだけで悲しくなった。動揺を悟られないように、しっかりと言う。

「大丈夫です。弥子さんが眠るまでここに居ますから」

「……そう……」

その言葉と共に、弥子さんが目を閉じる。眠るのかと思ったけれど、弥子さんの乾いた唇は、なおも言葉を紡ぎ出した。

「…………純金がどうして安くならないか知っているかい」

「……絶対量が少ないからですか？」

「……純金はね、内戦や国際紛争が起こり、世界の治安が悪くなる時に、買い占めが行われるんだ」

譫言《うわごと》のような声で、弥子さんが滔々とそう語る。術後で意識が判然としていないのかもしれない。だとすれば、これは弥子さんが無意識に語りたがっていることなのだろうか？

「……金塊の価値は下がらないと、みんなが信じているから、世界が大変なことになったら、みんなお金を金に変える……世界の何処かで、みんなが同じことをしている……」

掠《かす》れた声で、弥子さんが語る。

「……だから、金塊を安くする為の条件は世界が助け合い、紛争を失《な》くすことなんだよ。とある経済学者曰く、金というものは平和が実現しない限り暴落しないんだってさ」

「そう、なんですか」

「……それが私を殺すんだ」

弥子さんがどんな気持ちでこの話をしているのかは分からなかった。けれど、僕は黙って聞いた。全然力の入っていない弥子さんの手を必死に握る。

「エト、右腕を切断して、半年も硬化が起こらなかった人の話をしてもいいかな」

「はい」

僕は逃げ出したかった。そんなことを聞きたくなんかなかった。けれど、弥子さんはもうその顛末《てんまつ》を一人で抱えきれなくなっていたのだろう。この病室で、弥子さんの言葉を聞いてあげられるのは僕しかいない。

「……半年と二日後に右目の奥が硬化して、数日も経たない内に死んだそうだよ」

分かっていたことだ。この病院には弥子さんしかいないのだから。

弥子さんが奇跡の一人目である可能性は捨てきれない。けれど、それを信じるには僕は弱すぎた。

僕は弥子さんの手を握り続けていた。気づけば僕の方もベッドを枕に眠ってしまっていたのだけれど、それでも僕の手は弥子さんの手を放さなかった。

結局、朝になってから眠い目を擦りながら家に帰った。裏口からこっそり部屋に戻ると、今度は寝付けなくなった。弥子さんはどうしているだろう、と考えている内に登校時間になった。こんな状態で授業に集中出来るはずもない。

二日後、僕はもう一度弥子さんの病室を訪れた。

仁村さんにしつこいくらい病状を聞いて、弥子さんが待っているとの言葉を聞いてようやく来れた部屋だった。こんな有様なのに、肝心の弥子さんには少しのメッセージも送れなかった。

随分見慣れたスライドドアを開けると、初夏の眩《まばゆ》い光に迎えられた。カーテンが全開にされている。窓からそよぐ風を浴びながら、ベッドの上の弥子さんがこちらを向いた。

「待ってたよ。さあ、やろうか」

オーバーテーブルにチェッカー盤を置いて、弥子さんが笑う。

それだけで十分だった。それが全てだと思った。

「……言っておきますけど、僕結構勉強したので。今回は勝てると思います」

「そういうこと言われると期待しちゃうね」

「期待してくださいよ。弥子さんはマリオン・ティンズリーなんでしょう」

実際、引き分けに持ち込む方法なら何手か思いつけるようになった。そこからどうやって勝つかは分からなくても、少なくとも負けを避けることは出来そうな気がする。

いつぞやの十枝先生は、チェッカーにおいて大切なことは偏《ひとえ》に負けないことだと言っていた。だとすると、これは正解に至る道に違いない。

「あのさ、チェッカーの前に少しいいかな」

「何ですか」

「変な話なんだけどさ——……私の脚、見てくれないかな」

弥子さんが示しているのは、切除したばかりの右脚の方だった。太腿《ふともも》から先が無い、弥子さんの戦いの跡。

「エトにだけ見せたいんだ。エトにだからこそ見て欲しいと思う」

「……と、」

「傷口という感じじゃないんだ。その部分はもう硬化していてね。変質した骨組織が覆っている。勿論、見て心良いものじゃないから、無理にとは言わないけど……」

「見たいです。……見せてください」

間髪容《い》れずにそう言った。その瞬間、弥子さんが何だか安心したような顔をする。そして弥子さんは、ゆっくりと入院着の裾を捲り始めた。

「これが、私の病だ」

弥子さんの脚の断面は、僕が想像しているような金色のそれではなく、鈍く光る水晶のようになっていた。ここだけ見ると、まるで弥子さんが宝石に寄生されているかのようで、恐ろしい感想を覚えてしまう。それを察したのか、弥子さんが先に言った。

「綺麗だろ？　ここから一定以上の熱を加えると、君のよく知る金になるんだ。今見ると、まるで塩の結晶みたいだけどさ」

「僕には水晶に見えましたけど」

「あ、本当に？　嫌だな、私がまるで食い意地張ってるみたいで……ねえ、触ってみる？」

「痛くないんですか？」

「痛くないよ。もう私の一部だからね」

ざらざらした表面を指でなぞると、細かいひっかかりを覚えた。外からの光を浴びて断面が静かに光る。堅いそれは、およそ人間の身体の感触には思えなかった。それでも、これは弥子さんなのだ。

「……私の身体は国が検体として預かることになっているんだけどさ。どれだけ研究したって、それは物質としては本物の金と変わらないんだよ。もしかしたらこのまま売られちゃうかもしれないよね。はは」

断面に触れられている弥子さんが、そんなことを言って小さく笑った。

金が宇宙の果てから来た星の残骸だというのなら、弥子さんはなんて寂しいものに憑《と》りつかれているのだろう。

「思うんですけど、弥子さん」

「何？」

「……もしかしたら、これは進化なんじゃないでしょうか」

「進化」

弥子さんは異国の言葉のような発音で、その言葉を繰り返す。

「人が死んで、ただ灰になるだけだと寂しいから、何かいいものに変わろうとしたんじゃないでしょうか」

「まあ、灰と金じゃね。有用性が違ってくるよね。なるほど、進化か」

「絶対そうですよ」

弥子さんの分も合わせて、二十四個の駒を並べる。

きっと、何かが間違っているのだ。灰になって小さな箱の中に押し込められている僕らの方が間違っている。弥子さんがあれだけ嫌がって嫌がって泣いて喚いた手術の跡が、あんな綺麗なものになるなんて。そんな事実は赦せない。

「あのさ」

「何ですか」

「盤見えないだろ、涙で」

弥子さんが言っていることは尤もなんだけれど、僕はぼたぼたと落ちる涙を止められない。何処にも行けない駒が涙の爆撃にあって震えていた。すみません、と言う僕の声は濁点塗れで、全く最悪な有様だった。ああもう、と言いながら弥子さんが僕の頭を引き寄せる。そして、そのまま僕は抱きしめられてしまった。弥子さんの腕も肩も、何処か静謐《せいひつ》な冷たさを湛《たた》えている。

「私の身体、まだ人間だよね」

「そうですね、まだ生きてる」

生きていて、おまけに人間だから、弥子さんは変質を続けている。

チェッカー盤を挟んだまま、僕はただただ泣き続けた。

▼53日前

程なくして、弥子さんは左の足首から下も切断することになる。よく使う筋肉の方が硬化が始まりやすいらしく、右脚の切断が行われた時点で、ある意味これは予想されていた話でもあった。

弥子さんは今回は取り乱さず、その手術を受け入れた。弥子さんは少しだけ泣いてくれたけれど、それは僕があの日に聞いたような泣き声じゃなかった。

もしかしたら、弥子さんは僕の為に泣いてくれたのかもしれない。弥子さんが泣いている間は、僕も一緒に泣いて良いような気がしたからだ。

今度の弥子さんは、治るかもしれないとは言わなかった。

その先に明確な希望をちらつかさなくても、弥子さんは自分の運命を受け入れているように見えた。表面上は一回目の時よりも取り乱して泣いていたけれど、それでも弥子さんには静かな覚悟があった。

弥子さんは何を失おうとも生きようとしていた。例え他の駒を失ってもひた向きに端を目指す兵士のように、生に向かって進んでいた。

僕はそんな弥子さんの傍に居続けた。今度は検査の日だって病室に居た。弥子さんのいない病室で、僕はチェッカー盤に駒を置く。自分を相手にチェッカーを繰り返していると、いとも簡単に千日手になった。

分校祭の準備がある日でも、構わずに病室へ向かうようになった。一緒に居られるのが三十分足らずであっても、今は弥子さんの隣に居たかった。家から閉め出されることもあったけれど、構わなかった。母親が眠るのを待って、二階の窓から入る。

「エトさ、無理してないよね」

弥子さんはそう言って僕のことを諫《いさ》めたけれど、無理なんかしているはずがなかった。むしろ、少しでも弥子さんと離れることの方が耐え難かった。

「無理じゃないですよ。それに僕は、まだ弥子さんに勝ってませんから」

お決まりの言葉は、お互いの間だけ通じる符牒《ふちょう》のようだった。この言葉が出ると、僕らはその他の事情を全部無しにして、チェッカー盤に向き合うことにしていた。チェッカーがあって本当に良かった、と思う。この盤を挟んだら、あとはもう戦うだけだ。

「……私も分校祭に行きたかったなー」

「来ますか？　なら連れて行きますけど」

「生憎とその日は検査なんでね。でもさ、花火やるんだろ。それならきっとここから見える」

その言葉を聞いて、少しだけ胸が痛む。晴充が弥子さんに花火の許可を取りにいったという話を聞いた時のことを思い出す。今思えば馬鹿げた嫉妬だ。馬鹿げていると思うのに、今でも少し、そのことが気に食わない。

「あ、今の一手ミスだぞ。何考えてた？」

「弥子さんのことです」

「上手いこと言っちゃって」

「まだ負けたわけじゃないので、そういうこと言って動揺させてくるの辞めてください よ」

「花火のこと、何で私が知ってるのか気になったの？」

「それも知ってますから。晴充が許可を取りに行ったとか」

「うん、何か十枝先生に聞いた。私も見たかったからさ、気軽にオッケーしたんだけど」

「え、十枝先生を通して聞いたんですか」

「そうだけど――」

つらっとそう言う弥子さんの顔は悪戯を成功させた子供のようだった。……してやられた。最悪の人読みをされた僕は気まずくなって目を逸らす。

「残念ながら私は晴充くんに会ったことがありませーん。ここに来たのは後にも先にもエトだけです。そんなほいほいここには通してあげないって」

「……そうですか」

「安心した？　ねえ、安心した？」

「本当に今日はこれで帰りますよ」

「心配しなくても、私にはエトだけだよ」

その言葉で今までの考えが全部飛んでしまった。動かしたくもない駒を先に進めてから、弥子さんのことを見る。

「……あ、失言だったね、これ」

弥子さんはもう悪戯っぽい笑みを浮かべてはいなかった。というかそもそも、顔すらまともに見えなかった。弥子さんは両手で顔を覆ったまま、天を仰いでいる。

「その、弥子さん」

「今喋《しゃべ》んないで」

「あ、はい」

「ああー……本当にねぇ……」

呻き声を上げる弥子さんを見て、僕は本気で分校祭の花火に感謝してしまった。

そうして予定通り弥子さんは左足首から下を切断する。悪くなったところを切り離して遠ざけるだけのシンプルな施術。これで弥子さんは少しだけチェックメイトから逃れ得る。

ある意味で弥子さんは、自分の身体で終わらないチェッカーをしているのだった。切断された足を見て僕は悲しむけれど、それと同時に弥子さんがゲームを投げていないことに安堵《あんど》する。弥子さんの価値ある左足首は、重さを量ればそれなりの値段になったのだろう。けれど、僕はそんなお金よりも弥子さんの足の方が大切だった。弥子さんと並んで歩きたかった。

　僕は弥子さんの車椅子を押して、サナトリウムの中を散歩する。殆ど記号のようになってしまった平穏さの中で、少しずつ強くなっていく日差しを一緒に浴びる。緑の葉を見る度に、僕の中には十枝先生の部屋でカレンダーを見ながらした話を思い出した。夏の終わりと共に死ぬ予定の弥子さん。とてもじゃないけれどそんな風には見えない。嘘だ、見える。少しずつ切り分けられていく様や、段々と痩せていく身体は確実に死に近づいている。

　けれど、弥子さんの目は出会った時と変わらず、打ち筋は徐々に鋭さを増していく。眠る時間が徐々に増えているのに、覚醒している時の弥子さんは永遠を生きる化物のように凛《りん》としている。

　弥子さんの中に鉱物とそうでないところが混ざっているように、弥子さんの中には上手に生と死が混ざり合っている。その奇妙な感覚は筆舌に尽くしがたかった。

「エト」

　車椅子に乗った弥子さんが穏やかな声で言った。

「何ですか」

「E３からF４」

「そういうの僕出来ないんですけど……B3からC4？」

「私もどうせ分かんなくなる……ってそれ同じ側から打ってるじゃん」

「よく気付きましたね。自分で言ってて何にも気が付いてませんでした」

だから言ったのに。エアーチェッカーなんて出来るはずがないのだ。あと何百回かやったら出来るようになるかもしれないけれど、どうせ弥子さんが巧みに盤面を改竄《かいざん》してくるに決まっている。

「やっぱり散歩なんかしてないでチェッカーやっておくべきだったんだよ」

「さっきまでは部屋でチェッカーやってる場合じゃねえ！　みたいなこと言ってたじゃないですか」

「それはそれだよ。どうせいつでも散歩なんか出来るでしょ」

車椅子に乗った弥子さんが僕の方を振り向く。

「まあ、車椅子くらいならいくらでも押しますけど……」

「それじゃあエト、何処までも連れてってよね」

次に硬化したのは、弥子さんの左肺だった。

数センチが命取りになる領域だった。

▼18日前

そして、分校祭の日がやって来た。

どうなることかと思ったけれど、最終的に目標を大幅に上回る数のスポンサーが集まった。それに合わせて僕と月野さんも一緒に各スポンサーの広告を大量に作った。三十近くのキャッチコピーを考えた月野さんは、最後の方には何が何やら分からなくなってしまっていたくらいだ。

それでも、出来上がったパンフレットは出来のいいものだったと思う。月野さんの言う通り、広告面は今の昴台をそのまま転写したかのようになっていた。ここに載っていない施設といえば、サナトリウムくらいだ。

皆で作ったタテカンが、狭い校庭を埋め尽くすように置かれている。僕らが作ったタテカンは校庭の中心に置かれていて、何だか気恥ずかしい気分になった。

みんなで描いた絵は、日向ぼっこをしている猫の絵だ。太陽の下で思う存分伸びをする猫。前脚が潰れるハプニングはあったものの、概《おおむ》ね良い出来だと思う。猫は白と黒のマス目の付いた板に載っている。タテカンを見たみんなは、全員が全員それをチェス盤だとみなしていたはずだ。

ここで懺悔《ざんげ》をしよう。僕は猫が載っているあの盤を、チェッカー盤のつもりで描いた。

大した部分じゃない。月野さんに言われて適当に描いただけだ。塗るのは面倒な割に、チェッカー盤の作画は結構簡単なのである。そうして「チェス盤描くの上手だね」という月野さんの言葉にまともな訂正すら返さなかった。「そんなに難しくなかったよ」といけしゃあしゃあと言ってのける様と言ったら！　こうして内々に秘めている欲望を思うと、なんとも気持ち悪いと思う。

ただ、弥子さんが分校祭に来たいと言ってくれたから。せめてこういう形で弥子さんのことをここに参加させたかった。このことは他の誰にも言わないでおこう、と思う。

上半身の硬化が始まってから、弥子さんと十枝先生は何度か治療方針を話し合ったらしい。その場に僕はいなかったから、弥子さん越しに聞いただけだ。

弥子さんのカレンダーに新しい手術の予定は書き込まれなかった。左肺の硬化は根を張るように広がっている。けれど、それを切除したところでどうにもならない。何故なら、仮に手術をしたところで新しいところの硬化が始まる方が早いからだ。

前の僕なら諦めないで欲しいとでも言ったかもしれない。例え他の部分の硬化が始まる可能性があっても、差し当たっての病巣を切り取って欲しいと懇願したかもしれない。

けれど、僕がそんな馬鹿なことを言う前に、弥子さんが先手を打った。

「実は、金を作る方法は既に見つかってるんだよ」

「前に金は星の死骸から生まれた遺物だから価値が下がらないって言ってませんでしたっけ」

「学校でもう原子と中性子については勉強しただろ？　ちょっと強引なことを言うとね、原子核に中性子をぶつけるとどんな原子でも変質させられるんだよ。でもみんなそうしようとはしない」

「何でですか？」

「割に合わないからさ。小さな小さな原子核に中性子を当てるには、何万回もの試行が必要なんだ。それには莫大《ばくだい》なお金がかかる。だったらそのお金で直接金塊を買い漁《か　あさ》った方がいい。世知辛《せちがら》いね」

「……夢の無い話ですね」

「私の今の状態もそんな感じなんだよ」

弥子さんは胸に手を当てながら、そう言って笑った。

「肺を切除したところで割に合わない。私の体力はこれからどんどん失われていくだろう。手術をしたって失うものの方が多い。だったら私は自分の人生を買い上げたい」

弥子さんの右手には緩やかに麻痺《まひ》が始まっていた。チェッカーの駒を並べるのは、もう僕の役目だ。比較的よく動く左手で、弥子さんが駒を持つ。

「これも正解なんだ、エト。大丈夫だよ」

駒がチェッカー盤を打つ音が響く。

それに合わせて花火が上がった。

回想の中の弥子さんと目の前の風景がシンクロしたように見えて、何だか眩暈《めまい》がした。午前中はパンフレットの配布、午後はぼーっとしているだけで過ぎてしまった。時刻は午後九時になっていた。分校祭のフィナーレだ。

校庭で打ち上げられる花火なんてたかが知れている。けれど、昴台で一番高い場所にあるサナトリウムからなら、この花火も見られるだろう。分校祭に来たがっていた弥子さんは、これを見て喜んでくれているだろうか。

この集落からは星空が良く見える。

何だか無性に弥子さんに会いたかった。あれだけ通い詰めていて、今日は折角の分校祭なのにそう思った。

「……お前、まだ都村さんのところ通ってるんだよな」

その時、晴充に声を掛けられた。折角の祭なのに妙に神妙な顔をしている。まあ、辛気臭《しんきくさ》い顔をしているという点では僕も似たようなものだ。

「まあ……そうだけど」

僕が何をしているかはともかく、僕がサナトリウムに出入りしていることはバレていて然《しか》るべきなのだ。それにしても、晴充は何でこんなことを聞いてくるんだろう？

少しもやわらがない硬い表情のまま、晴充が続ける。

「お前が都村さんのところに通ってるって話聞いた時、何でお前がって思ったんだけど、同時にすげーよかったなって思ったんだよ」

「よかったって、なんで……」

「あのさ、お前が知ってるか分かんないんだけど、用水路からサナトリウム方面に抜ける道、鍵壊したの俺なんだわ。や、なんでこんなこと言ってるのか分かんないんだけどさ、なあ」

晴充が言っている道が何処かは知っている。今までずっと使っていた道だ。確かにあそこの鍵は壊れていた。弥子さんが探検した時にはちゃんと掛かっていた鍵。あの鍵を壊したのが晴充なのか。

そういえば、あの道を使い始めたのは、鍵が壊れているのを知ったのは、森谷さんの店で晴充と話をした後だった。

「…………」

「はは、ほんとなんで俺こんな話してるんだろうな」

いつもは淀《よど》みなく喋る晴充が、珍しく言葉に詰まっている。あそこの鍵が壊れていたのは、弥子さんの所為じゃなく晴充のお陰だったのだ。そうまでして、晴充は僕にサナトリウムに来て欲しかった。弥子さんに会って欲しかった。弥子さんを元気付けたかったのだろうか？　違うな、とすぐに思い直す。違う。

「……それで、何の話か分かんないんだけど」

「今日発売の週刊誌にお前の記事が載った。俺の親父《おやじ》がそう言ってた」

「……え？　何で僕が……」

「分かるだろ。都村さんとお前の記事だよ」

「弥子さんと、僕の……」

「都会の方よりはずっと遅いけど、三日後には森谷さんのところにも置かれると思う。そうじゃなくても、後手に回ったマスコミが昴台に来たら、みんな気付き始める。都村弥子と関わることがどんなことになるかって、昴台の人間が理解し始める」

週刊誌の記事。マスコミ。気付き始める。一体晴充が何の話をしているか分からなかった。戸惑う僕に対し、晴充はなおも続けた。

「今はまだ気付かれてない。都村さんのところに通うことと、お前のこれからが結びついてない。だから、全部知らない振りしろ。もう都村さんには会わない方がいい」

「ちょっと待って、何言って……」

「もうあそこに行かなくったって、都村弥子はお前に金を遺すよ。もう行く必要なんかない」

「……え？」

「だってそうだろ。情だって移ってるだろうし、あの人だって江都のことあんなに気にしてたんだしさ、……みすみす国に回収されるよりは江都の為になりたいと思うんじゃないかって」

晴充はどうしてそんな話をするんだろうか？　あそこに行く必要は無いって、一体どういうことだろう？　弥子さんの病状がどんどん悪くなっているからだろうか？

そうじゃないな、と僕は自分で思う。晴充が何を言いたいかなんて、もうとっくに分かってしまっている。

マスコミが来る。もし自分が記事を書く側だったら、一体何を話題にして人々の関心を引くだろうか？　答えは簡単だ。親族でも無い人間に、女子大生の死と引き換えにした三億円が入るという分かりやすいゴシップだ。

「三億、多分お前に入るよ。だから、もう都村弥子には関わらない方がいい」

分かっている。それなのに、その言葉を聞いた瞬間、内臓が掻《か》き回《まわ》されるような衝撃を受けた。身体の芯から冷えていくような感覚とは裏腹に、晴充の言葉は情に満ちた熱を孕《はら》んでいく。

「俺ずっと思ってたんだ。どうして江都が何もかも全部諦めなくちゃいけないんだろうって。こんなの不公平だろ。江都だけが全部を奪われなくちゃいけない理由なんてないはずだ」

晴充の言葉は心底悔しそうだった。僕だけがその悔しさから置き去りにされている。晴充がそんなことを考えていることも知らなかった。今まで触れなかったことに、今ここで触れようとしていることにも驚きだった。

「だから嬉しかったよ。都村さんがお前を選んでくれて。お前はこんなところから逃げた方がいいんだ」

「……僕は別に、金なんかどうでもいい」

晴充にすら、僕はこんな風に弁解をしなくちゃいけないのだ。

「分かってる。分かってるから」

何が分かってるっていうんだろう？

「弥子さんに会いに行かないといけないんだ」

僕は熱に浮かされたようにそう呟いた。身体の芯は冷えているのに、頭の中はぼんやりと熱くなっている。背後ではまだ花火が上がっている。真っ暗な校庭を青い光が照らしている。

「僕はまだ弥子さんに勝ってない」

「は？　お前何言って――」

「なあ、答えなくていいんだけどさ。お前が旅行行かないって言ったの、僕が行かないって言ったからなの？」

ずっと気になっていたことだった。あの時は恐ろしくて考えるのをやめてしまったことだけれど、やっぱりあの時の晴充は、卒業旅行を中止させたかっただけなんじゃないだろうか。

それも、僕の為だけに。

「江都、」

「ごめん。本当に感謝してる、それは嘘じゃないよ」

僕はそれだけ言った。それしか言えなかった。

僕は追い立てられるようにサナトリウムに向かった。受付すら無視して、そのまま六階に向かう。

僕が来るとは思わなかったのだろう。病室に入って来た僕を見て、弥子さんは随分驚いているようだった。カーテンの開け放たれた窓から、静まり返った夜空が見える。

「分校祭の花火がここからも見えたよ。凄い盛り上がりだったね」

弥子さんはいつもよりもずっと大人な表情を浮かべていた。そんな表現もおかしな話だ。弥子さんは僕よりずっと大人なのだから。

「エトは帰らなくていいの？」

「今日はここに居たいんです」

僕は子供じみた我儘《わがまま》を言う。帰りなさいと言ってくれることを期待していたのだけれど、弥子さんは「丁度良かった」と言って笑った。

「何だか寂しい夜でさ、エトが居てくれるならよかったよ」

「……気を遣わせてすいません」

「ほんと可愛くないなぁー。でもね、チェッカーをするにはちょっと眠くてさ。……少しだけ寝てもいいかな」

「はい。僕はここに──」

そう言いかけて、止まった。弥子さんは掛け布団を持ち上げると、僕のことを手招いている。

「床に寝るわけにもいかないだろ」

硬直する僕に向かって、弥子さんは悪戯っぽく言った。

「いや、それは……」

「入るか帰るかだ。どっちがいい？」

弥子さんは一手を決める時のような声でそう言った。

悩んだ末に、僕は弥子さんのベッドの中に収まることになった。初めての経験だったけれど、予想以上に大変だった。何しろまともに身体が動かせない。少しでも身じろぎしてしまえば、そこから全部が漏れ出してしまいそうで恐ろしかった。

「何でそっち向いてるの」

「弥子さんの方向いたら緊張で吐くかもしれませんけど、それでもいいんですか？」

「嫌すぎる。じゃあ別に向かなくていい」

そう言いながら、弥子さんは僕と背中合わせの体勢になる。僕の背骨と弥子さんの背骨が微かに触れ合う感触がした。

「今日のエトはそんなに温かくないね」

「そうかもしれませんね」

初めて気が付いたのだけれど、弥子さんの心音は人とは少しだけ違っていた。弥子さんの心臓の音は微かに高く、反響しているように聞こえる。硬化の影響なのかもしれない。不覚にもその音は心地よくて美しかった。弥子さんの身体を少しずつ侵食している金の病が憎いのに、そう思う心と噛《か》み合《あ》わない。

「弥子さん」

「ん？　どうしたの？」

「僕は弥子さんのことが好きです」

背中合わせで言うべき言葉じゃなかったかもしれない。暗闇の中で、弥子さんが言う。

「だろうね」

笑い声混じりに言われたその声があまりに寂しそうだったので、僕は何も言えなくなってしまった。

巡回してくる仁村さんに叩《たた》き出《だ》される覚悟だったのだけれど、意外にも僕はその状態のまま朝を迎えた。明るくなった病室で目を擦《こす》っていると、じわじわと冷静な気分になってきた。

分校祭の最中に抜け出してしまった上に、家にすら帰っていない。母親が僕の不在に気づいているかどうかは五分五分だけれど、その内面倒なことになるだろう。

そして何より、僕は勢いで弥子さんに告白してしまった。それに対する返答が「だろうね」であったことも含めて頭が痛い。そんな答え合わせみたいな口振りで話されても。当の弥子さんは未《い》だ《ま》すやすやと眠っていた。

何とも言えない気分になりながら、ベッドから降りて窓の外を見た。

サナトリウムの周りには人だかりが出来ていた。

人数にすれば二十人程度しかいないだろうけれど、昴台の規模を考えれば相当な人数だ。その人だかりにつられるようにして、住人達も遠巻きに見に来ている。何が起こったのかを噂しているのが聞こえるかのようだった。

晴充が言っていたのは、つまりはこういうことだったのだろう。

週刊誌に僕と弥子さんの記事が載ったらしい。それがどんなものかは予想がついた。少なくとも、こんな山の奥まで来て僕らを追い回そうとしていることからして、相当に煽情的《せんじょうてき》に書かれていることは間違いない。

けれど、こんなものかと思っている自分もいる。好奇心と悪意の集中砲火の中で、身動きが取れないことくらいがペナルティーなら、それはそれで構わなかった。

ただ、これを見た弥子さんがどう思うだろうか、と思うと寒気がした。記事の内容がどうであれ、弥子さんは傷つけられるんじゃないだろうか。そう思うと怖かった。

どうすればいい、と自問する。こんな状況で、僕らはどこに逃げればいいんだろう？　迷った末に、明らかな悪手を打つことにした。一階に降りて、ふらふらとサナトリウムの玄関に向かう。

「江都くん！　出ちゃだめ！」

仁村さんが叫ぶ声が聞こえた。けれど、僕は構わず外に出た。

今日は抜けるような晴天で、眩《まぶ》しさに目が眩《くら》んだ。

僕の姿を認めた瞬間、マスコミたちが門のところに殺到してきた。今は閉じられたままの格子扉から、小さな機械を持った手が突き出してくる。

「江都日向くんですか、お話伺っても大丈夫ですか⁉」

「江都日向くん！　都村弥子さんの容態はどうですか⁉」

「三億円の使い道は両親に移譲するとのことですが……」

「君が都村弥子さんの実の弟さんだというのは本当ですか？」

一斉に浴びせかけられた質問に身が竦《すく》む。それでも他人事である感じは拭えない。それこの質問を背後で聞いている昴台の住人達は、いよいよ事情を察しただろうか。それとも積極的な誰かがもう僕と弥子さんのことを尋ねただろうか。

「あの、僕が聞きたいのは一つだけで──」

「都村さんとはどういったご関係ですか？」

「下世話な質問ではあるんですが、君と彼女との間に肉体関係は──」

「皆さん、一体誰から僕のことや弥子さんのことを聞いたんですか」

僕の質問は掻《か》き消《け》され、代わりに悪態交じりの質問が投げられる。きっとみんな昴台くんだりまで来てイライラしているのだろう。質問にまともに答えない僕に内心怒り心頭に違いない。けれど、僕が彼らに聞きたいのはそれだけだった。どうやって僕と弥子さんのことが明らかになったのか。

一瞬、週刊現在の遊川のことを思い出した。けれど、鬼気迫った顔で僕に質問をしてくる人たちの中に遊川の姿が見えなかった。

質問は激化していく。およそ十五歳にするには下卑た質問も、憶測交じりの三億円の行方についても、容赦なく尋ねられた。僕の反応や怒りを見たかったのかもしれない。けれど、対する僕の心は異様に凪《な》いでいた。

その時、肩に何かがぶつかって落ちた。地面には『ウィークリータイムズ』という名前の雑誌が落ちている。辺りを取り囲んでいる記者の一人が投げつけてきたらしい。どうやらこれが火種らしかった。表紙には僕の知らない弥子さんの写真が使われている。

件の記事に冠された題名は『奇病由来の三億円の行方、貧しい少年に転がり込んだガラスの靴』というものだった。

美貌の金塊病患者として紹介されているのは、当然ながら弥子さんだ。大学で何かしらの表彰を受けている写真。その凜とした横顔の傍に『死後、三億円になる金塊病患者・美貌の裏の悲劇』というキャッチコピーが躍っていた。

その横には何処から入手したのか、写真と共に僕の個人情報が詳細に記されていた。僕の家庭状況から、生活態度。これからの暗い展望と、三億円で変わるだろう未来のことまでが。

記事には弥子さんに身寄りがいないこと、三億円が国に回収される予定だったこと、それに目を付けた僕が弥子さんに取り入り、大金を手に入れようとしていることまでが面白おかしく書かれていた。サナトリウムの杜撰《ずさん》な管理体制。金目当ての男をみすみす入れてしまった罪。

僕は学校にも行かずにサナトリウムに入り浸り、弥子さんを慰めていることになっている。ここまで事情を知っているのに、その記事にはチェッカーのことは一言も書かれていなかった。ただ、僕らが病室で何をしているかの予測だけが下世話に書き立てられていた。

記事の終わりでは、もうすぐ弥子さんが死んでしまうだろうこと、既に右脚と左足首の切断を終えていて、僕が三億円を手に入れるのは秒読みだろうという話が書かれていた。読めば読むほどやけに詳細な記事だった。特に弥子さんの病状については、殆ど誰にも知られていないはずなのに。

「おい！　無視してんじゃねえぞ！」

僕がぼーっと突っ立って記事を読んでいることに痺れを切らしたのか、群れの一人がそう怒鳴った。それを聞いた瞬間、僕は弾《はじ》かれたようにサナトリウムに向かって走り出した。

僕はそれにアクセスする術を持っていなかったけれど、この分だとインターネットの方も酷い有様になっているだろう。僕の個人情報は弥子さんと一緒に拡散され、三億円という付加価値と一緒にエンターテインメントへと昇華されているに違いない。けれど、それはある面では事実なのだ。僕は大金を手に入れる為に弥子さんに近づいて、見事にそれを達成しつつあり、そして彼女が死ぬ時を待っている。

弥子さんはもう既に生きた金塊で、その行く末だけが物語になる。数日も経たない内に死ぬと思われているから、誰もが息を詰めて昴台サナトリウムを見守っている。

息を切らせながら玄関まで逃げ切る。頭の奥がじんじんと熱くなって、吐きそうになった。ぐっと堪えて息を整えると、誰かの影が伸びてきた。

「洗礼受けただろ」

顔を上げると、ずっと顔を合わせていた受付の人が立っていた。

「あなたは……」

「僕？　ああ、そういや名乗ってなかったな……」

受付の人は久保山《くぼやま》と名乗ると、何故か妙に楽しそうに笑った。

「ずーっとあんな感じだ。仁村さんが出ちゃ駄目って言ったの聞こえただろうに」

「聞こえたんですけど……ただ、少し、気になって……」

「にしても酷いことになっちゃったな。基本的に都村さんの病状は外に漏れないようにしてたんだけど」

「……どうしてバレちゃったんでしょうか。それに、弥子さんが死んだら大金に変わるってことも」

「さあね。でもまあ大金云々《うんぬん》に関してはバレるも何もないけど。多発性金化筋線維異形成症と国への検体の話なんか調べりゃいくらでも出てくるんだよ。でもまあ、こんな状況になんないと調べる人間なんかいないって話かもね」

久保山さんはあくまで平坦にそう言った。

「むしろ問題は、身内でも何でもない君に大金が入るかもしれないってことがバレたことじゃないか？　今回の熱狂だって、全然関係のない赤の他人にそれが入る、しかも経済的に不自由そうな子ってことで盛り上がってるんだろうし」

「このままどうなるんでしょう」

「どうにもならないよ。サナトリウムはサナトリウムとしての機能を果たすし、こっちは都村さんのことを助ける為に全力を尽くす。彼女をここに留《とど》まらせているのは、どうやってそれまでを生きるか考えてもらう為だ」

「……そうですよね」

「変わることといえば、君だよ。正直、僕はそこが気がかりでね」

「僕ですか」

「こうなった以上、都村さんが死んだら一連の全ては記事になる。江都日向は少なからず話題になるだろう。億単位の金を受け取った少年としてね。君はさ、それに耐えられる？」

まだ僕は弥子さんに勝っていません、という言葉が今度は出てこなかった。

「……想像もしていませんでした。すいません」

「いいんだ。考えられるはずないんだから。でもね、覚悟が必要になる。君が都村さんを相続することを望むなら、今までの何もかもを捨てて雲隠れするくらいの覚悟が必要になるんだ」

「……そこまで」

「こんな話を知ってるかな。金塊病患者の男性患者が居たんだ。彼は当時付き合っていた恋人に自分を相続させようとしたんだよね。でも、親族とその恋人は大分揉めたらしいんだよ。結局その女性は酷い目に遭った。そういうことも世の中にはある」

久保山さんはあくまで淡々とそう言った。

「お金でさ、人間て変わるだろ。でもなあ、江都くんの状況も分かってるから。僕は出来れば相続をして、ほとぼりが冷めるまでひっそりと暮らして欲しい。何を言われても、都村さんを生かすべきは江都くん一人だと思うんだよ」

「でも、僕が受け取ったら、……きっと、その為に僕が弥子さんに近付いたって思われますよね」

「馬鹿言うな。周りがどうこうってので判断するなっての。都村さんが納得してんだからいいんだよ」

久保山さんは意外にも厳しく吐き捨てた。

でも、僕はその部分が一番恐ろしかった。周りは弥子さんをガラスの靴のように扱うだろう。僕の窮状を救う蜘蛛《くも》の糸のように見るかもしれない。

そして、そんな文脈を一番恐ろしく思うのは——。

「久保山さん、一つ聞いていいですか」

僕は週刊誌に載った記事を思い出す。サナトリウムへの出入りを赦した杜撰な警備体制。あの記事は、まるで弥子さんが盗まれたら大変な宝石か何かのように書いていた。不快極まりない記事だったけれど、頷ける部分もあった。

「……久保山さん、どうして僕を入れたんですか」

だからこそ僕は分不相応な大金に関わることになってしまったのだ。

「受付に僕が来た時、久保山さんは驚いてましたよね。僕はあの時、弥子さんのお見舞いに来る人が殆どいないから驚いたんだと思ったんですよ。でも、今はそうじゃないんじゃないかって。あの時、久保山さんは見知らぬ僕を中に入れようかどうかで迷ってたんじゃないかって」

久保山さんが少しだけ驚いたような顔をする。でも、きっとそういう話だったはずだ。

「それで？　何が言いたい？」

「判断が軽率だったんじゃないかと思ったんですよ。……僕が、本当に金目当てで弥子さんに近づくような人間だったかもしれないじゃないですか。極端な話をしたら、僕は弥子さんを傷つけていたかもしれない」

「そんなことを言ったらこの世界で誰かと関わるなんて無理だろ。僕だって今、君に殺されるリスクを負いながら君と話してるんだから」

「それは……そうかもしれないですけど」

「そもそも、そんなことをしたって君には何の得もない。都村弥子が無事に病気で死んでくれること以上に、君が幸せになる道は無いんだから。彼女を傷つけることは、君の将来の資産を損なうことになる」

久保山さんがわざと露悪的に言う。

「それに、金目当てで君が近づいたんだと分かってても、僕は君を通したよ」

ややあって続いた言葉は、恐ろしく優しかった。

「どうして……」

「どうしてって、あの子は普通の人間なんだよ。人が誰かと関わろうとするのを止められる筋合いなんてない」

その後、付け足すように久保山さんが「ま、君がそんな人間じゃないくらい見ればわかるけどね」と言う。

「なかなか面白い話してるじゃないの」

その時、十枝先生がそう言って口を挟んできた。

「江都くんが馬鹿なこと言い出したから、殴っときました」

「まー、悩むわな。私だって外の様子見た時オワーッてなったもん」

「……そうですか」

「そうだ、ちょっとこっち付いておいで」

そう言って十枝先生が僕を誘ったのは、最初に話をしたあの部屋だった。

「これ、何だか分かる？」

十枝先生が見せてきたのは、透明な液体で満たされた瓶だった。瓶の底の方には拳より一回り小さいくらいの金塊が沈んでいる。部屋の照明を受けて、それは鈍い光を放っていた。

「彼女の胃の一部だ。ここに来て数日で切除した。一定以上の熱を加えるとこうして変質する」

「弥子さんの一部……」

「脚だけじゃない。他にも欠けたところなんて沢山ある。俺は彼女の中身すら少しずつ抜いている。そうして抜かれた部分はこうして金に変質するわけだ。君が都村弥子の一部だと見做したこれは、単なる元素でしかない。区別がつかない」

そこで十枝先生は一度言葉を切った。

「なら、これを都村弥子だとするのは人との関わりだと思わないか？　少なくとも俺はそう思う」

▽

懐中電灯の老人の言う通り、その先は行き止まりだった。

近くにあった標識と地図を照らし合わせて位置を確認する。行き止まりの道路の脇には山の方へ分け入っていく野良道が広がっていた。方角で言えば、目的地はこっちの方だ。

選択を迫られていた。ここは車椅子では登れない。けれど、もう道路沿いは歩いていけない。九十九折《つづらおり》になった道路を考えれば、ここを直接登っていった方が近いはずだ。悩んでいる暇は無い。

「弥子さん、すいません……失礼しますね」

僕は弥子さんの脇に腕を差し込み、その身体を持ち上げる。

そして、ゆっくりと身体を捻《ひね》ると、慎重に彼女の身体を背負った。

——端に到達し、背負えば王だ。

チェッカーを説明してくれた時の、弥子さんの言葉を思い出す。

弥子さんの身体はぐったりとしていて、冷たい。身体のあちこちがぞっとするほど固く、血の通わない感触がする。こんな冷たい弥子さんを背負いたくなんかなかった。

「……すいません。こんなことになっちゃって。でも、もう少しですから……」

僕は誰に聞かせるでもない謝罪をしてから、山道に一歩足を踏み入れる。背に感じる重みだけが僕の足を進める。

王は何処にでも行ける。この先にも、捕まらないで行ける。

▼16日前

弥子さんはあれから目を覚まさなかった。病気の進行と共に弥子さんの覚醒時間はどんどん短くなっていた。二日の間昏々《こんこん》と眠り続けていたこともある。このまま弥子さんが目を覚まさなかったらどうしよう、という気持ちと今の状況を考えるとこうして眠り続けていた方がいいのかもしれない、という気持ちが交差する。

その時、病室をノックする音がした。仁村さんだった。

「江都くん。その……江都くんにどうしても会いたいって人がいるんだけど。私は断ったんだけど、鯨方面の塀から、ずっと叫んでる人がいるもんだから……」

「……マスコミの人ですか？」

「それが『俺は江都日向に貸しがある』って言うのよ。本当に知り合いだとは思わないけど、一応言っておこうと思って。サナトリウム近くのバス停で待ってるそうなんだけど」

「……そうですか」

「心当たり無いなら行かない方がいいわよ」

「いや、大丈夫です。行きます」

僕ははっきりとそう言うと、荷物を纏めて病室を出た。

僕に貸しがある人間、そんな人間を、僕は一人しか知らなかった。


裏手から用水路を通ってサナトリウムを出る。

バス停で待っていたのは、予想した通り週刊現在の遊川だった。見たところ他に人間はいない。

僕の姿を見た瞬間、遊川は待ちくたびれたように言った。

「どーも、江都くん。久しぶり。見てない間に背伸びたね」

「……伸びるわけないじゃないですか、こんな短い間に」

貸し、というのはいつぞやの弥子さんに関する情報のことなのだろう。あれを恩の一つに数えるのは癪《しゃく》だったけれど、この人が居なければ、弥子さんのことについて何にも知らないままだったのも確かだ。

沈黙の中、僕は静かに尋ねる。

「あなたですか。……弥子さんのことと僕のことを記事にしたの」

「信じて貰えるか分かんないけど、俺じゃないよ」

「信じられるわけないじゃないですか。真っ先に昴台にやって来たのはあなただし、僕のことも弥子さんのことも知ってる」

「俺は都村弥子の容態がどうこうは知らなかった。俺はサナトリウムに入れて貰えなかったからな。加えて、お前のことを一々張ってたわけでもない。脚の切断の話だってまるで知らなかった」

遊川は語気荒くそう言った。正直な話、嘘を吐いているようには見えなかった。だとしたら誰なんですか、という言葉をぐっと飲みこんで、僕は言う。

「あれからどうしてたんですか」

「どうもこうも、仕事してたよ。まさか君らだけが話題の人物だとは思ってなかっただろ？　昴台の外にだって記事にするべきことは沢山あるんだから」

「それでも、僕と弥子さんに興味津々だったじゃないですか。あなたにとって、昴台の外のことはそれ以上に面白かったですか？」

「俺は都村弥子が死んだ後に、改めてお前に取材をするつもりだった」

冗談を言っているわけでもなさそうだった。弥子さんが死んだ後だったら、多少なり口が緩むとでも思っていたのだろうか？

「言っただろ。俺は患者本人じゃなく、患者の周りに居る人間に興味があるんだ。都村弥子が死んでも、お前は生きてる。全部が終わった後に、改めて取材を申し込むつもりだった」

「僕が話すと思ったんですか」

「ああ、話すね。あれに巻き込まれた人間が何も語らないなんてことがあると思うか？」

今の僕は、弥子さんのことをそんな風に誰かに語ろうとは思えない。でも、そうじゃないのだろうか。弥子さんが死んでしばらく経ったら、僕は今の焦燥も全部忘れて、弥子さんのことを誰かに語るようになるんだろうか？　週刊誌に載ったあの記事より、少しだけ美しく味付けをして。

「どうだ？　都村弥子と過ごす日々は」

「……証明のこと、僕なりに考えたんです。あなたに言われてから、ずっと考えてました」

「…………」

「正直、僕にはどうすればいいのか分かりません。僕はお金の為に弥子さんの傍にいるわけじゃありませんけど、それを証明する方法なんてどこにも無い。単に三億円を放棄したところで、証明出来ない」

遊川はしばらく僕のことを見つめてから、おもむろに立ち上がった。

「……一つ聞いてもいいですか？」

「何だ」

「あなたはどうしてそんなに金塊病に興味を持ってるんですか？」

立ち止まって貰えるとは思っていなかった。けれど、遊川は首だけで振り返ると、静かに言った。

「妹の恋人が金塊病患者だった」

「……妹さんが？」

「恋人は身内親族を無視して、俺の妹に金の殆どを遺すことを望んだ。そうして実際にそうしたんだ。しかし、妹がそれを知ったのはその男が死んだ後だった。額が額だったからな、当然酷いことになったよ。見舞いにも来なかった自称親族たちがよってたかって妹に食ってかかった」

僕はその話に聞き覚えがあった。久保山さんが雲隠れのことを話してくれた時の、あの逸話だった。

「妹は金目当てに男に近付いた詐欺師呼ばわりをされ、そこに本当に愛があったのかどうかを証明しろとなじられた。なら妹は腕でも切って渡せば良かったのか？　出来るはずないよな。でも、そんな答えじゃオーディエンスは納得しなかった。妹が数億円を放棄しようとしたって、攻撃の手は休まらない」

「……それで、どうなったんですか」

「生きてるよ。もう三年も目を覚まさない」

淡々とした言葉だった。酷い目に遭った、と久保山さんは表現していた。

「窓から身を投げたんだが、妹は死ななかった。それが何かの証明になったのか、それとも置かれた状況から逃げ出したように思われただけなのか、俺には今でも分からない」

遊川は僕に聞かせるでもなく、遠くを見たままそう呟く。

「証明を探してるんだ。誰からも脅かされない証明を」

その証明が見つかったら救われると思ってるんですか、とは言えなかった。代わりの言葉を言おうとした瞬間、場違いに大きな声がした。遠巻きに数人の記者がこちらを見ている。まずい、囲まれる流れだ。一瞬の迷いを経て、そっちとは逆方向に駆け出す。

「江都くん、こっち乗って！」

角を曲がったところで、今度はそんな言葉に迎えられた。

行く手に白い車が止まっている。運転席の男の人がこちらに手を振っている。月野さんのお父さんだった。言われるがままそちらに走って行って、後部座席に乗り込む。

「ほら、早く早く、シートベルト締めて」

助手席には月野さんも乗っていた。けれど、月野さんはこちらを見ようとしない。

「あの、どうしてここに……」

「大変なことになってるみたいだから、ここらをぐるぐるしてたらもしかしたら会えるかもしれんと思ってね。一香《いちか》も江都くんのことが心配だっつうから、ね、何か力になれると思ったんだよ」

ということは、月野さんがお父さんに頼んでくれたということなのだろうか。助手席の月野さんにお礼を言おうとして、思い直す。というのも、月野さんは相変わらず僕のことを見ていなかったからだ。月野さんは車の進行方向と自分の足元を忙《せわ》しなく交互に見ては、今の空気をどうにかやりすごそうとしていた。こんな状態の同級生に話しかけられるほど、僕は豪胆じゃなかった。

車はサナトリウムの周りをぐるっと回っていく。

「あの、月野さんのお父さん、僕の家って……」

「ああ、知ってる。平気だよ。ただ、多少迂回《うかい》した方がいいんじゃないかと思ってね。

ハエみたいなのが沢山いるから。にしても江都くん、おじさんのことはおじさんって呼んでくれていいんだよ。昔みたいに」

僕は月野さんのお父さんをおじさんなんて呼んだことはなかった。けれど、それをわざわざ指摘するほど馬鹿でもない。「はい、……おじさん」と僕は言う。

車は随分長い回り道をして、ようやく僕の家の方角に進み始めた。ここからだと、車で十分くらいだろうか。見計らったように、おじさんが言う。

「それにしても……江都くん。凄いじゃないか。おじさん、感動したよ」

酷い胸騒ぎがした。それでも僕は平静を装って答える。

「……何で、ですか？」

「死にかけの女の子に寄り添ってあげて、偉いじゃないか。誰にでも出来ることじゃない」

まだ何も言っていないのに、おじさんは威勢よくそう言った。

「いやあ、こんな純愛があるとはね。いいなあ。病気の子と付き合うのは大変だったろう」

おじさんはバックミラー越しにじっと僕を見ている。その目がギリギリまで細められていた。車はさっきから、信じられないほど緩いスピードで走り続けている。

「大変とか……そんなことは思いません」

「いや、江都くんには包容力がある。流石昴台の男だ。昔からね、昴台の男は忍耐が強くて。だからこそそういう病気の子の相手も出来たんだろう」

段々と身体の奥が冷えていく。そんな僕のことを構わずに、おじさんは話し続けた。

「色々言われてるみたいだけどね。江都くんならきっと、三億円だって無駄にしないはずだよな。それこそ一番いい使い道を選べるはずだ」

「あれは僕のお金じゃありません」

「もうすぐそうなる」

おじさんがぴしゃりと言った。

「まあ、いずれにせよ世間の奴らに言われたことは気にしなくていい。三億円は江都くんが胸を張って受け取っていいお金だ。後ろ指を指されても気にしちゃいけない」

「……おじさん」

「そうだ、一つ思ってたんだけどね。昴台に病気の子の石碑を建ててやるのはどうだろう。な、江都くん。昴台は石材も有名だったから。きっと例の彼女も喜ぶ。みんな忘れないし感謝もする」

それが冴《さ》えた正解であるかのような口調でおじさんが言う。

「うん。そういう使い方もいいかもしれないね。昴台を元気にするような使い方なら、悪いことを言ってくる奴らも文句ないだろう。投資……そうだ、投資だね。昴台には色々投資先がある。昴台では元々、林業が盛んだったんだけれどね。おじさんもやっていたわけだけれど……ここ最近、昴台は余所に比べてパッとしなくてな……この悪循環をどうにかするには設備投資が必要なんだと。こんな田舎の林業に投資してくれる人間なんかそうそういなくてね」

月野さんは更に縮こまり、いよいよ消えてしまいそうに見えた。

「病気の子が最期の時を過ごした昴台に恩返しをする。感動的な話じゃないか。そうしたら、口さがない奴らもみんな黙るさ」

その瞬間、熱病のような怒りで視界が歪《ゆが》んだ。

僕が三億円を手に入れることと、弥子さんが死ぬこととの間に繋がる糸は、他の人にとっては無視出来てしまう。そもそも、見えてすらいないものなのだ。弥子さんはまだ死んでいない。弥子さんはまだ生きている。三億円は、それどころか弥子さんは僕の所有物じゃない。

「まあ、江都くん。ゆっくり考えてくれて構わないからね。いや、江都くんがまさかこんなことになるとはね、おじさんも思ってなかった。まさか江都くんがあの病気の子と——」

「患者の名前は、都村弥子といいます」

「え、ああ、そうだね。なんか、都会の子は名前まで洒落《しゃれ》てるよなぁ」

「こんなことを言うべきじゃないと知っている。それでも止まらない。

「ここだけの話ですけど、弥子さんは治るかもしれないんですよ。今は治療法も大分出来てきて、もう少し投薬を続けたら手術で治るんです」

「え?」

「週刊誌に書かれていることとか、全部嘘なんです。弥子さんは治るんです。来月の手術の後は昴台を出て都内の病院に戻るんです。復学する予定だって言ってました。だから、そんなこと言われても、意味なんかないんです」

おじさんの顔に困惑が広がっていく。話が違うじゃないか、とでも言いたげな表情だった。それを見ると更に僕の中の熱が暴走を始めた。あの時、悲痛な叫び声を廊下に響き渡らせていた弥子さん。その弥子さんが僕に乗り移っているみたいだった。

「弥子さんは死にません。だから、僕は本当に関係無いんです。弥子さんが金に変わるとか、そういうのは全部嘘なんです。みんな踊らされてるだけなんです」

「ええ……と」

「弥子さんはこんな場所を出て、生き残るんだ」

それ以上の言葉が言えなかったのは、助手席に座っている月野さんのことを思い出したからだった。

月野さんは僕のこともおじさんのことも絶対に見ないようにして、助手席で小さく震え続けていた。それを見た瞬間、僕の中を暴れ狂っていた怒りが少しだけ大人しくなる。僕の中に宿っていた弥子さんが残滓《ざんし》だけを残して去って行ってしまう。

「現実をね、」

その瞬間を見逃さずに、おじさんが低い声で言った。

「現実を見なくちゃあいけない。そんなんじゃあ病気の彼女だって浮かばれんよ」

気付けばそこは家の近くの三叉路《さんさろ》だった。まるでおじさんが自由自在に道程を伸び縮みさせたかのようだった。

「……ありがとうございました」

「ん、まあ、おじさんは江都くんの味方だよ。少なくとも、江都くんをここに送ったのは俺だ、ね」

おじさんはそれだけ言って去って行った。その間も、月野さんは一言も喋らずに俯《うつむ》いていた。

月野さんの姿が頭にこびりついて離れなかった。月野さんをあんな席に座らせたのは僕だ。僕が同級生だから、月野さんは助手席に座らなくちゃいけなかった。月野さんはあの話を聞いている間、どんなことを考えていただろうか。明るくて優しい月野さんの心を踏み荒らしたんじゃないかと思うと、足が竦むようだった。

家の周りにも何人かの記者が張り込んでいた。僕は動じずに塀を伝って二階に上がる。窓は簡単に開いた。

そうして上がった僕の部屋に、母親が立っていた。

幽霊でも見たような顔で母親が僕を見る。部屋が荒らされているのは、この人が家《や》探《さが》しをした所為だろう。けれど、元々空っぽだった部屋に証拠なんて何も無い。荒れた部屋の中心には、例の週刊誌があった。

僕は母親の言葉を待っていた。窓から入って来た僕を見て、母親は殆ど悲鳴のように叫ぶ。

「日向！　あの……——あんた、本当なの？」

母親が僕の名前を呼ぶのは久しぶりだった。

呼んでくれなければいい、と心の何処かで思っていた。忘れてくれていてもよかったのに。

「……知ってるんだ」

「知ってるも何も、この雑誌に全部、ああそうだ、外にも記者が」

「怒ってるんじゃないの？」

「はあ？　何で怒るのよ」

「サナトリウムに出入りするのは汚らわしいから」

「今はそういうことを言ってる場合じゃないでしょう。あんた、状況が違うんだから」

せせら笑うように母親が言う。何にも分かっていないな、とでも言いたげだった。

一階で酷使されていたコピー機はもう動いていないに違いない。多分この人はもう反対運動をしない。

「三億円よ、三億円。それさえあればこんなところ出て行けるんだから。本当、凄いじゃない。ねえ、もっと早く言ってくれれば」

「……まだ、そんな話をする段階じゃ」

「はあ？　もう少しちゃんと話さなくちゃいけないでしょうが。あんた、ちゃんと税金のこととかも聞いたの？」

「今はそういう話をしてる場合じゃない。邪魔しないで」

「ちょっと、お前いい加減に──」

「ここでちゃんと彼女に付いていてあげないと、あの人、遺言書を書き替えるかもしれないだろ。そしたら全部が水の泡だ」

そう言って、どうにかぎこちない笑顔を浮かべてみせる。すると母親は憑《つ》き物《もの》が落ちたような顔をして「そう……そうだね、そうだわ。女なんて情緒不安定な生き物だから」と言った。

この呪文がよほど効いたのか、母親はするすると僕の部屋から出て行った。最低の脅しだった。最悪の嘘だ。けれど、これ以上に効果的な言葉も無い。

一人になった部屋で、ずるずると座り込む。バッテリーが半分しかないスマホで、弥子さんへのメッセージを打つ。

『弥子さん、色々すいません』

少し考えてから、全部削除する。そして、新しく打った文章を送り直した。

『弥子さん。ちょっと出てます。後でまた行きます』

それからは、陽が沈むまでじっとしていた。

弥子さんからメッセージは返って来なかった。

辺りがすっかり静かになったタイミングで一階に降りた。流石に何か食べて、身支度を整えないといけなかったからだ。

母親はもう床に着いているのか姿が見えない。裏戸から覗いたところマスコミも撤退していた。出るなら今しかなかった。

手早く身支度を整えて、台所にあったものを適当に食べる。換気扇の音がやけに響いた。時間を確認する。もう既に午後十一時を過ぎていた。

「日向くん、行くのかい」

不意にそう声を掛けられた。廊下に佇《たたず》む北上さんがこちらをじっと見ている。

「……はい。今は弥子さんのところに行かないと」

「分かるよ。本当に分かる」

「だから、この家には——」

その瞬間、何故だか全部が繫がった。

そもそも、どうしてこの可能性に思い至らなかったのかが不思議だった。

僕の個人情報。弥子さんのところに出入りしているという話。何処で撮られたか分からない僕の写真。でも、弥子さんが死後に三億円を遺すという話や、弥子さんの病気の進行具合については話していなかった。

スマートフォンは今もポケットの中に入っている。弥子さんの病室に行く時は、必ず携帯していたスマホ。紺色が美しい、北上さんのくれたスマホケース。

「……北上さん、が書いたんですか、あれ」

致命的な一言であったはずだ。言うのを躊躇《ためら》うくらいには恐ろしい言葉だった。

「そうだよ」

けれど、北上さんは表情すら変えずに肯定した。

「なんで……」

「三億円が入るんだろ。凄いじゃないか。君はそれでこの家を出ていくんだろう。なあ、知ってるんだよ」

母親に遮られることのない北上さんとの会話。それがこんな内容であることが信じられない。

「そんなの金《かね》と付き合ってるようなもんじゃないか。その子が死ぬの待ってんだろう。……ああ、日向くんが悪いって言ってるわけじゃないんだよ。玉《たま》の輿《こし》みたいなものだ」

あの記事と同じ言葉を使って、北上さんが言う。

「僕のことも、家のことも全部晒《さら》して、それで、何の為に」

「八十万円になった」

北上さんははっきりと言った。

「君のことを書いて記事にするだけでそれだけの金が貰えた。三億円には及ばないけど相当な額だ。ちょっとくらい嫌な思いをするくらいなんだよ。どうせ比べものにならないくらいの額が入るんだろ」

「北上さん、何を……」

「分かってんだぞ。俺にその金は入んないんだろ。どうせ江美子さんが握るんだ。俺には一銭も入んない。あの女、あの女……そんな金があったら、どうせここも俺も捨てるぞ。それとも何だ、日向くん。君に媚《こ》びたら一千万くらいは都合してくれたのかな？」

言葉の意味ははっきりと理解出来ているはずなのに、それが上手く受け入れられない。僕の口からは、勝手に悲壮な声が出た。

「弥子さんが——……弥子さんが、それを見たら、傷つくとは思わなかったんですか？　こうしてマスコミが集まって、弥子さんは、弥子さんは強くて聡明な人ですけど、それでも、僕が本当に大金の為に傍にいたんじゃないかって思ったりしたら——」

「そんなのどうだっていいだろが！　その子は死ぬんだから！」

北上さんが派手に声を荒らげた。そんな北上さんの姿を見るのは初めてだった。母親に不条理に詰《なじ》られている時ですら、そんな声を出したことはなかったのに。

「……軽蔑してんだろうね。いいよ、日向くんには大金が入る。俺ともう関わることなんてないんだろ。江美子さんは君の金をもう手に入れたつもりのようだけど。俺には分かるよ。君は大金を持ったらさっさとここから逃げる。君がここに居る理由なんて、結局のところ外に出るのが不安なだけなんだから。金で解決する」

「どうしてですか、北上さん、なんで……」

「あ、もしかしてあの金、本気でこの家に入れるの？　金。だったら全部謝るけど。そうじゃなきゃ絶対謝んない」

子供のような口調でそう言って、北上さんが笑う。

出会った時に、北上さんは理想の父親だった。北上さんは母を幸せにしてくれる人だと思っていたし、昴台を生き返らせるのだと息巻いているのを聞いて、この人なら本気でそれが出来ると思っていた。北上さんは僕に本を与えてくれた。僕にはまだ難しいメルヴィルも、北上さんが好きだと言ったから読もうと思った。

「そんな目で見るならどうにかしろよ」

北上さんがぽつりと言った。責めているつもりは無かった。ただただ悲しかった。

僕はスマホケースを——恐らくは盗聴器であるものを、食卓に置く。

「それを置いていったって、依頼があったらまた書くからね」

「……いいです。北上さんが何を書いても」

本心からそう言った。そのまま玄関から外に出る。

月すらまともに出ていない暗闇の中、僕はサナトリウムに向かう。


「あ、エト」

サナトリウムに着くと、弥子さんはもう目を覚ましていて、あろうことかオーバーテーブルに例の週刊誌を載せていた。ご丁寧に僕らの記事のところを開きながら、本人は一心不乱にスマートフォンを覗き込んでいる。

「よく入れて貰えたね。面会時間も過ぎてるでしょ」

「……塀上《のぼ》って入って、あとは仁村さんに頼み込みました」

二月の鯨に飛びかかるようにして塀を上る僕は、傍から見たら滑稽極まりなかっただろう。けれど、昼間の騒動で門は閉まったままだった。ああするしかなかったのだ。

「仁村さんに泣きつけなかったら、あのまま外で待つしかないところでした」

「淡々と言うことじゃないでしょ。怖いなぁ」

「弥子さんは何やってるんですか」

「エゴサ！」

「僕からのメッセージも返さないで？」

「あ、忘れてた。既読ついてたでしょ」

それを確認するのも忘れていた。何しろこっちだって色々大変だったのだ。

「私が眠ってる間に色々あったみたいだね」

「……弥子さん、その色々を自分で読んで何とも思わないんですか？」

「まさかエゴサ耐性が無いのかな？　こんなんで私は傷つかないよ。ほら見て『この世で一番美しい援助交際』だってさ。ここまでくるとなかなかセンスあるよ」

弥子さんはそう言いながら、雑誌の上に頬を付けた。

「ほんと大変なことになってるね。何が余命僅かだよ。上半身に硬化があったってだけだろ」

「そうなんですけどね」

「みんな、私が死ぬのを待ってるみたいだね」

「それ、言うんじゃないかって予想してました」

「エトが私のことを看取《みと》ったら、エトはきっと酷いこと言われちゃうんだろうな」

弥子さんが小さく言う。そして、さっきとはうって変わって真面目な顔になった。

「エト、先にお金の話をしておきたいんだけど」

「嫌です。僕はまだ勝ってません。弥子さんを貰う理由はありません」

「分かってないな、エト。もう私の方が駄目なんだ。困ったことに私は、君に明るい未来を遺したい。たとえ君が嫌がっても」

そう言って、弥子さんは白い封筒を取り出した。

「これはね、遺言書だ。勿論、君と出会う前に作っていたものもあるんだけどね。私が署名すれば、こちらの方が優先される。私の全てを君にあげるって内容のね」

「まだ署名してないんですか」

「ああ。でも、私の手が動かなくなったら厄介だろ。そもそも、上半身に硬化兆候が起きたら危ないってことは私も知ってる」

「僕がそれを奪い取って破っても駄目ですか？」

「エトはそうしたいの？　まあ、駄目っちゃ駄目だよ」

弥子さんが咳《せ》き込《こ》みながらも楽しそうに笑う。

白い封筒の中には遺言書が入っているという。それに署名さえすれば、弥子さんの三億円は僕に入る。

「僕は弥子さんが好きですけど、弥子さんと一緒に居たのは三億円が欲しかったからじゃないですよ」

「うん、知ってる」

「知ってるかもしれないけど、全然伝わってないんですよ」

遊川さんの言う通りだ。

ただ弥子さんが好きで、ただ弥子さんの傍にいたいだけだということを、そんな単純なことを証明出来ない。世界中で何となく信じられている無償の愛を、ハッピーエンドが邪魔をする。

弥子さんですら、自分が死んだ後に僕が幸せになると思っているのだから救えない。その勘違いを、酷い入れ違いを、僕は正せないままなんだろうか？　それとも、三億円が入ったって弥子さんが死んだら意味が無いって言葉すら、一時の熱に浮かされた馬鹿げた言葉なんだろうか？

「ごめんね、エト。赦してね」

弥子さんはぽつりとそう呟いた。

「……弥子さん、一つ聞いてもいいですか」

「……どうしたの？」

ずっと気になっていたことだった。これを聞けるのは今しかない、とも思った。意を決して、僕は言う。

「どうして僕を選んだんですか」

十枝先生曰く、理由は僕がそこに居たからだ。もしかすると、僕のポジションは晴充であったかもしれない。選ばれたのは単なる偶然だ。それでも僕は構わなかった。でも、それならそれで、弥子さんの口からその言葉を聞きたかった。

「……え？」

対する弥子さんはきょとんとした顔をしている。

「……何ですか、その顔は」

「や、変な意味じゃないんだけどさ。……それをわざわざ聞かれると思ってなかったよ」

「何でですか。今まで一度も言ったことなかったでしょう」

「だって、エトが一番知ってることじゃないか。うん、要するに君は私を救ったんだよ」

言っている意味が分からなかった。僕は弥子さんを助けた覚えなんかなかった。それでも弥子さんは、分かり切った問題の答えを明かす時のような顔をして笑っている。

そして、淡々と言った。

「だって、君が『二月の鯨』の作者だろう？　エト」

一瞬息が止まった。ややあって、どうにか口を開く。

「……なんで」

「最初はただの勘だったよ。鯨の前で立ち尽くす君を見て、もしかしたらと思ったんだ。でも、エトのことを知って確信した」

上手く言葉が出てこない。だって、僕は弥子さんにそんな話を一言もしたことがない。そもそも、弥子さん以外にだって聞かせたことがない。

「分かってるよ。君にペンキを買えるだけの財力は無い」

僕の逃げ道を予《あらかじ》め潰すかのように、弥子さんはそう言った。チェッカーで僕の先手を読む時と同じ手管だった。

「覚えてるかな……。雑貨屋に出掛けた時、君が偶然私を見つけたあの日に、黒色のペンキを確認したんだ。──あの店に売っている黒をね。でも、雑貨屋に売っている黒とあの鯨の黒は色味が違ったんだ。黒は黒でもまるで違う、鯨の黒はもっと優しい黒だった」

　ささやかなお出かけの体《てい》でいた、あの日の弥子さんを思い出す。連鎖的に思い出す手の感触、一緒に見た二月の鯨。頬を摺《す》り寄せんばかりに鯨に近付いていた弥子さん。雑貨屋に行きたかったと無邪気に言う、赤い鞄を提げた弥子さん。

　その裏で、弥子さんはさりげなく確認していたのだ。何を？　自分の推理の正しさを。

「……それって、」

「森谷さんから聞いたよ。あの頃はサナトリウムの周りに空のペンキ缶がよく放置されていたんだよね。それが問題になって雑貨屋さんに苦情が寄せられた。傍迷惑《はためいわく》な話だ。ぞんざいに扱われるペンキたちを見て、君はどう思った？　ペンキの一缶も買えない君には憎らしかったかもね。でも、同時にそれは天啓でもあった」

「ただのゴミですよ。……ペンキだって殆ど残ってなかった。あれで絵を描くのは骨が折れます」

「うん、よく頑張ったね。さて、一体どれだけかかった？」

　優しく尋ねてくる弥子さんは、僕の言い訳を赦さない。

「言わんとしていることはもう分かるよね？　塀に使われていたのは一般的な屋外用

の水溶性ペンキだ。赤、青、黄色、よく使われていたその色を全部混ぜたら、黒に近い色になる。ペンキを買えなかった君は、拾い集めた余りを全部混ぜて君だけの色を作ったんだ。それがあの鯨の黒だ」

その一言がチェックの合図に聞こえた。

「私の思い込みだというのなら撥《は》ね退《の》けてくれていい。ただ、君が理由を求めるなら、私はこれを言うしかない」

「……それでも、なんで」

僕の声は可哀想なほど掠れている。

「君にお礼がしたかったんだ。この町の人にはこのサナトリウムの存在自体が気に食わないっていう人も居てさ、あの塀が白かった頃は今の比じゃないくらい反対ビラが貼ってあったらしいじゃない？　私もまだ人間だからさ、金塊病に対する悪感情とか、そういうものに傷ついてたりしたんだよ。けれど、いざ昴台に来てみて驚いた。私を迎えてくれたのは、それに負けないくらい美しい代物だったから」

弥子さんはそこで小さく息を吐いて、静かに笑った。

「だからだよ。私が生きるこの場所を守ってくれてありがとう。エト」

弥子さんにお礼を言われる謂《いわ》れなんかなかった。だって僕は、自分の為にあの絵を描いたのだから。

あの頃。昴台にサナトリウムが出来たばかりの頃。

白い塀に絵を増え始めたのを見て、僕は素直に羨ましいと思った。昴台の人間にとって、突然現れたそれは巨大なキャンバスに見えたのだろう。僕にとってもそうだった。

森谷さんの店でペンキが売られるようになって、暇を持て余した人々は思い思いの絵を描くようになった。

羨ましくてたまらなかった。

僕もあの塀に絵を描いてみたかった。もしかすると、サナトリウムに頑として反対する母親への反抗でもあったのかもしれない。動機はどうあれ、僕の心は筆を求めた。けれど、僕にペンキが買えるはずがなかった。僕には線を引く一色すら手に入れることが出来なかった。

そんな時、僕は缶の不法投棄について知ったのだった。

森谷さんの言っていた通り、辺りには不法投棄されたペンキの缶がいくらでも転がっていた。僕はその中から必死で使えるものを探した。固まったハケを拾い、余ったペンキを探し続けた。

そうして見つけたペンキは、どれもささやかな量だった。缶の底に辛《かろ》うじて残った余り。それだけでは到底絵なんか描けない。

けれど、諦められなかった。だから集めた。最初に拾った缶に、少しずつペンキを溜《た》めた。全ての色を一つの缶に集めたお陰で、すぐにペンキは紺色に近い黒になっていった。けれど、それでも構わなかった。

こうして作った黒いペンキを三缶ほど集めてから、僕はようやく塀に向き合った。誰もいない深夜に、息を詰めて立つ。

題材は色から逆算しただけだ。元々鯨を描こうとしたわけじゃない。けれど、この色に相応《ふさわ》しい題材はこれしかない。北上さんに勧められたメルヴィルの本の表紙にもなっていた動物だ。読み込んだそれの輪郭を覚えている。

ペンキにハケを浸してまずは瞳を描いた。そこから先は無我夢中だった。黒一色で描かれた鯨は、深い海の底に潜っていく。

消されても構わないと思っていた。けれど、意外なことに鯨はずっとそこに在り続けた。

いつしか鯨は『二月の鯨』と名付けられ、今日もこのサナトリウムの塀に残っている。誰も作者を知らない、僕だけの秘密。

　それなのに、どうして弥子さんだけが気付いてしまったのだろう。あの鯨に共鳴した、寂しいこの人だけが暴《あば》いてしまったんだろう。

　五十二ヘルツの鯨の話を、僕はやっぱり感傷的だと思う。けれど、その静かな叫び声が、弥子さんが僕を選んだ理由なら、これ以上相応しい寓話は無いのかもしれない。

「エトは私に聞かれても、絵を好きだなんて一言も言わなかったよね。……私は君がいつ言ってくれるだろうって思ってたんだけど」

　弥子さんが寂しそうにそう言った。そうじゃない、と反射的に思う。

「だって、言ったらおしまいじゃないですか」

　口にするだけで泣いてしまいそうだった。

「おしまいって、何で」

「だって、知ってますから。僕の絵は、昴台では見られたものかもしれないけれど、……外に出たらそうじゃない。そのくらいの才能に、希望を持ったら息が出来ない」

　どうせ自分は昴台を出る方法が無い。昴台を出るという決断が出来るほど、自分のことを信じられない。

　僕は堤先生との二者面談を思い出す。昴台を出ることを端から諦めてしまっている僕に対し、先生は言った。

「でも江都くんは……絵が上手いでしょ？　いいや、そうじゃないか……好きなんだよね」

その言葉に、僕はまともに受け答えが出来なかった。

「そういうの、本当はもっと大切にされるべきなんだよ。十五歳で、この段階で諦められるべきじゃないんだ」

先生の言葉は苦しそうだった。その苦しさが吹けば飛ぶような僕の才能から生まれていることを知ったから、僕だって悲しかった。

「昴台を出て……いいや、他にもやりようはいくらでもある。とにかく、進学の意思だけは見せて欲しい。絵に関する仕事が、昴台の外には沢山あるんだから」

そんなことを言われたから死にたくなった。やりようはいくらでもあるのかもしれない。簡単な道ではないと繰り返す先生に向かって、戦う意思を見せられないことが苦しかった。

僕は先生ほど僕に期待していなかった。

それどころか、月野さんほども期待していなかった。

ペンキの付いたハケを取り落としてしまった月野さんのことを思い出す。僕の描いたタテカンに、赤いペンキを派手に付けてしまった月野さんの泣きそうな顔を思い出す。

月野さんがあんなに取り乱して「ごめん！　江都くん！」と短く叫んだのも、「取り返しがつかない」なんて大袈裟《おおげさ》な評価を与えたのも、全部全部僕の絵に価値を見出《みいだ》してくれたからだ。僕の絵の為に取り乱してくれた月野さんは、どれだけ優しい人間なんだろう。

でも、僕はその全てに目を逸らしてきた。何でもない振りをして、口にすらしなかった。じっと耐えている内に、全部が過去になってくれる日のことを望んでいた。みんなが僕を忘れてくれる日は、すぐそこまで来ていたのだから。

話を聞いた弥子さんは、相変わらず傷ついたような顔をしていた。ややあって、弥子さんが口を開く。

「エト、でもそれなら――」

「弥子さんに出会った後は、尚更言えるわけがないじゃないですか」

僕は、はっきりとそう言った。

言えるはずがなかった。弥子さんにだけは。

何故なら、僕が絵を諦めていた理由の全てが、弥子さんの死で解決してしまうからだ。

ずっと絵を描きたかった。好きなことの為に生きたかった。昴台を出て、絵の勉強をしてみたかった。その全ては、多分お金で解決出来てしまう。

弥子さんが死んで、それでも僕は生きていて。僕は三億円を手に入れて、弥子さんのことを大切な思い出の一つにして、きっと昴台を出るだろう。弥子さんが遺してくれたお金で美術の道に進むに違いない。そうしていつか僕は、弥子さんを自分の絵の糧にしてしまう。辛くて悲しくて大切な、今の自分を作ってくれた大切な物語にして！　そんな分かりやすいハッピーエンドを弥子さんに教えたくなんかなかったのに。

聡明な弥子さんは、僕の考えていることを察してしまったのだろう。さっきとは違った沈痛さを湛えた顔だった。エト、と弥子さんが僕を呼ぶ。

「エト、聞いて。君に教えたいことが一つあるんだ」

「……何ですか」

「将棋に無くて、チェスに無く、チェッカーにはあるもの。あるいは私がチェッカーを好きな理由」

それは、弥子さんが死に際に教えてくれると言っていたクイズの話だった。どうして今、と言うより先に、弥子さんが口を開く。

「あのね、エト。チェッカーには完全解があるんだ」

「……完全解？」

「そう。チェッカーはプレイヤーがお互いに最善の手を打った場合、必ず引き分けになる。最善手を計算したのはカナダにあるアルバータ大学のジョナサン・シェーファーが作ったコンピュータ、Chinookだった」

「それって……どの駒を動かせばいいか、予め分かってるってことですか？」

「チェッカーはね、二人零和有限確定完全情報ゲームなんだ」

「二人零和……？」

「そういうゲームの種類だよ。運が全く絡まないゲームで、ミスさえしなければ理論上は負けない。絶対にね」

信じられなかった。けれど、納得もいった。最善を選ぶだけでいいと言った十枝先生の言葉、そして弥子さんとの対戦を思い出す。

正確に全ての盤面を再現出来るわけじゃない。けれど、それでもチェッカーのゲームはそれを打つ弥子さんの様子と一緒に、目まぐるしく変わっていたはずだ。それなのに、あの中に完全な〝正解〟があったというんだろうか？

「これをチェッカーの寿命が尽きた、と表現した人もいたよ。正直私もそう思った。何しろ、どれだけ素晴らしいプレイヤーが凌ぎを削り合おうとしても、最も美しい一手は決まっているんだからね」

「完全解がある、それが弥子さんがチェッカーを好きな理由ですか？」

「もしかしたらコンピュータの発展によって、チェスや将棋の完全解も見つかるのかもしれない。でも、私が知っている完全解はチェッカーのものだけだったからさ」

それでも僕にはまだ繋がりが分からない。完全解とチェッカー、そして弥子さん。更に何かを言おうとした瞬間、弥子さんが僕の手を摑んだ。

「今までの人生、私はいとも簡単に過ちを犯してきた。こうしてのうのうと君に馬鹿な弱音を吐いていることもそうだ。人生というものに正解が無いことが、ただ恐ろしかった」

弥子さん、と僕は言う。けれど、弥子さんの言葉は止まらなかった。

「でもね、チェッカーは人生とは違う。チェッカーには完全解がある。この盤面に放り出された時、プレイヤーには必ず完璧な正解を選べる可能性があるんだ」

僕は弥子さんが、随分致命的な話をしていることに気付く。

「私の人生とは違う」

そう言って、弥子さんは泣く寸前の子供のような顔をした。

「――生き残ったはずなんだ。お父さんとお母さんの目論見《もくろみ》から逃れて一人だけ生き残ったはずなんだ。それなのに……私は、どうしてここで死んでいくんだろう。病気になることが予め決まっていたなら、尚更あそこで死んでおけばよかった。みんなと一緒に死んでおけばよかったんだよ」

行き場を失くした弥子さんの手が、僕の手を更に強く摑んだ。

「こんなことってあるか？　私の人生は生まれた時から、きっと正解なんて用意されてなかったんだ。何を選んだって全て間違いだった。こんな絶望的な人生が、ここにあるんだよ。でも、今の私はそこに行ける」

「何処にですか」

「正解に」

それはいつぞやの検査の前に、弥子さんが言った言葉だった。

僕はあの時、ただ漠然と『正解』というのは弥子さんの治療が奇跡的に成功することだと思っていた。

けれど、違った。あの時から弥子さんの正解はここに定められていたのだ。ちゃんと死んで、僕に大金を遺すこと。こんなミスリードがあってたまるか、と切に思う。

検査だ治療だと言っておいて、その実、弥子さんはこれっぽちも期待していなかったのだ。

諦めてしまっている全てに身を預けるのは、怖くて仕方がなかったはずだ。それなのに弥子さんは『正解』の一言で全部を捻じ伏せてしまった。

「エト、受け取ってくれるよね」

「弥子さん」

「何も遺せないのは寂しいからさ、エトが幸せになってくれたらいいなと思うんだ」

「そんなの正解じゃないですよ」

「でもさあ、死にたくないよ。怖いんだ。人は死んだらどうなるのかな。エトがこれからどんな風に生きていくのかも私は見られないんだ。君は絵を描くのかな。あの鯨くらい素敵なものだったらいいな」

「やめてください、そんな」

「なら三億円なんか要らないって、私が居たら何にも要らないって言ってよ、全部のハッピーエンドより私の方がいいって言ってくれよ」

弥子さんの目からはぼろぼろと涙が零《こぼ》れていた。鬼気迫った弥子さんの瞳はそれでも酷く美しくて、呆然《ぼうぜん》と彼女を見る僕を反射する。

お金なんていらない。昴台から出られなくていい。弥子さんが生きていてくれさえすればそれでいい。弥子さんが何より大切で、弥子さんとチェッカーをすること以上に大切なことなんて何も無い！　そんな言葉ならいくらでも言えた。実際、僕はその通りの言葉を口にした。

けれど、言葉にする度に全部が全部嘘臭くなってしまうのは何故だろう？　そこの気持ちに嘘は無いのに、金に至る病は言葉の価値すら蝕んでしまう。どうしよう。どうすればいいんだろう。焦燥に苛《さいな》まれながら震えていると、不意に弥子さんが僕のことを抱きしめた。冷たく硬く、およそ生気というものが感じられない腕が僕を抱く。

周りは弥子さんをまるでガラスの靴のように扱うだろう。僕の窮状を救う蜘蛛の糸のように見るかもしれない。

そして、そんな文脈を一番恐ろしく思うのは、弥子さん本人だ。

どれだけ口で言ったって、弥子さんはそこから逃れられないまま死んでいくんじゃないだろうか。自分で言い出したことだからこそ、弥子さんはそこに囚《とら》われ続けている。

「困らせてごめんね。私が死んだら、エトは幸せになるね。そう言ってくれたらいい。私が死んで幸せだって、目を見てはっきり言ってくれよ」

「それは、言えません」

「……エトは優しいね」

弥子さんが小さく笑う。

「分かってるんだ。さっきは取り乱しただけ。そんなことは言わせない。知ってるんだ。生きている限り、人間は否応《いやおう》無く変わっていく。こうして泣きついた私に絆《ほだ》されて全部を放棄したって、きっといつかその判断を悔やむ時が来る。一時の衝動で自分の人生を売り渡したことを後悔する日がきっと来る。なら正解を選ばせてほしい」

その弥子さんの言葉を聞いた瞬間、ふと、ひらめくものがあった。

それは、もしかしたら、この方法でなら弥子さんを、そして僕の心を救えるんじゃないか、という画期的な方法だった。以前の僕ならおよそ考えつかなかっただろう『正解』が目の前にある。僕は自分を抱く弥子さんの腕を解いて、片方の手をしっかりと握る。そして、不思議そうにこちらを見つめる弥子さんの前に、見慣れたものを置いた。

僕らの始まりだった、チェッカー盤だ。

「……エト？」

「覚えてますか。いつだったか、弥子さんはレートが合わないって言いましたよね。

弥子さんが賭けるのはお金じゃなくて、弥子さん自身だからって。でも、今回は同じにしてください。弥子さんと同じ舞台に僕も立ちたい」

駒を並べながら、僕はまっすぐに弥子さんを見た。

「僕は、弥子さんが好きです。賭けさせてください、僕の全部」

最初の駒を動かしてから、僕は言う。

「何も言わずに連れ出されてくれますか」

「何をするつもり？」

「過ちを犯しにいきましょう」

弥子さんは数秒ほど、黙って僕のことを見つめていた。

ややあって、まともに動かない方の右手が駒に触れる。そして、弥子さんは、僕がこの上なく愛おしく思っている笑顔で言った。

「私に勝てたら、乗ってやる」

チェッカーは駒を持つ手の美しさを競うゲームじゃない。だから、弥子さんが終始震える右手を使い続けたことは、ハンデなんかじゃなかった。弥子さんは出会った時と同じくらい強かった。だから、その時僕が上手に引き分けに持ち込めたのは、弥子さんがそれを望んでいたからなのではないだろうか、と思う。

対局が終わった瞬間、どちらともなく動き出した。弥子さんの身体を車椅子に乗せて、膝の上に毛布とブランケットを載せる。その間に、弥子さんの方は手早くカーディガンを羽織った。

その間、僕らは一言も喋らなかった。弥子さんは一体自分がどうなるかを知っていたんだろうか？　車椅子に座ってぼんやりと駒を眺める弥子さんは、一層静謐な美しさを湛えていた。

「それ、持っていきますか」

「いいや、いいよ」

手に持った駒の一枚をぽんと投げ捨てながら、弥子さんが笑う。床に落ちた駒がカン、と小さな音を立てた。こんな扱いをしちゃいけませんよ、と言いながら、僕はそれを拾い上げる。

ポケットに駒を入れると同時に、僕達は動き出した。

長い廊下を渡って、ひたすらに走る。弥子さんは車椅子の上で、妙に楽しそうな声を上げていた。「行け！　エト、走れ走れ！」と威勢の良い掛け声に合わせて、車椅子ががたがた揺れた。

一階に着いた瞬間、廊下の奥に人影を見つけた。

逆光に阻まれてよく見えなかったけれど、声で分かった。

「医者、辞めなくちゃいけなくなるかもなぁ」

十枝先生は溜息とも笑い声ともつかない声を上げて、くるりと踵《きびす》を返《かえ》した。それを見て、少しだけ息を呑む。弥子さんの方も、少しだけ言葉を詰まらせているようだった。

「エト、行くよ」

それでも、ここで止まるわけにはいかなかった。この行動は、きっと色々な人に、想像を超える迷惑をかけるだろう。けれど、そうじゃなくちゃ過ちの意味がない。人生の全てを捨てて、僕は正解を選ばなくちゃいけないのだ。

車椅子のまま外に出ると、刺すような月の光に迎えられた。その色も、誂《あつら》えられたような金色なのがたまらない。伸びる影を振り切るように、僕と弥子さんは走り出す。裏口を抜けて、一度も行ったことのない方角へ進んで行く。

行ったことはなかった。僕は昴台を出られないんだと思っていたから、そこから先なんか関係が無いと思っていた。

でも今は、その場所に用がある。

山の先、昴台から見えない場所にある海を目指して、僕は弥子さんを運んでいく。

▽

弥子さんを海に沈める。それが僕の過ちの全容だった。

海に沈んだ弥子さんを引き揚げることは出来ない。金に変わりゆく彼女の価値は、そのまま海底に沈んで消える。後に残るだろう三億円も値段の付かない弥子さんとの時間も、僕の馬鹿げた過ちも一時の衝動も！　数百メートル隔てれば全て同じだ。

昴台には海が無い。なら、どれだけ遠くても僕は弥子さんを運ばなくちゃいけなかった。

弥子さんの病状は来るところまで来ていたらしい。サナトリウムを出て一時間も経たない内に、弥子さんは意識を失った。

目を閉じてぐったりと車椅子に掛ける弥子さんを見て、戻れないところまで来たのだと思った。本当は、今すぐにでも引き返して、全部を無かったことにしたかった。弥子さんをあのベッドに縛り付けてでも、一分一秒でもいいから長く生きて欲しかった。

時計を見ながら、必死で夜の道を歩いた。バスで一時間ということは、徒歩で数時間。朝までには着くだろう。

弥子さんがサナトリウムを出たことは、どのくらいでバレただろうか。監視カメラに僕らの姿はばっちり映っているはずだ。

十枝先生が見逃すことを選んだように、仁村さんはその職務に掛けて、弥子さんを連れ戻そうとするに違いない。自分にどのくらいの猶予が与えられているのかも分からないまま、追手に怯《おび》えてただ進んだ。

遠くに見える山の稜線《りょうせん》が赤く染まり始めている。背中に弥子さんを背負いながら、僕はその非現実的な光景を眺めていた。昴台があの麓にあるのなら、僕はまだ抜け出せてすらいない。

「弥子さん、もう少しですからね」

ぐったりと動かない弥子さんを背負いながら、僕は一人そう呟いた。弥子さんの心臓の音が微かに聞こえる。

体力はもう限界だった。腕は温度すら感じられないほど痺れているし、喉だって焼き切れそうなくらい痛い。背負った弥子さんの重みだけが僕のよすがになり、足を先に進ませる。

大丈夫ですよ、もう少しですから。と、僕はもう一度繰り返す。

朝焼けに染まり始めた視界が、海への道を示す看板を照らし始めていた。

早朝と呼ぶにも早すぎる海には、僕達以外に誰も居なかった。

吸い寄せられるように堤防の先に向かい、弥子さんを前に抱いて腰を下ろした。紫色の空をバックに、弥子さんの髪が流れていく。

その時、弥子さんが小さく身じろぎをした。そして、小さく呟く。

「……ついた？」

「つきましたよ」

弥子さんの身体をゆっくりと海の方へ向かわせる。すると、さっきまでぼんやりとしていた弥子さんの目が、はっきりと波打つ海を捉えた。

「……そうか、私を殺そうとしてるんだね。エト」

「……そうですね」

「いいよ。殺してくれても。むしろ、殺してもらうのかな」

海を前にした弥子さんは、そう言って小さく笑った。

「君の考えてること、全部分かってるよ。本当に馬鹿だね、エトは」

「……すいません」

「いいよ……大丈夫。私達の世界はチェッカーじゃないから、間違いを犯してもいいんだ」

そう言う弥子さんの声は枝を擦り合わせるような、力の無いものだった。

「……私の為に三億円を捨てようとしてるんだね」

「そうです」

「その三億円も私なんだけどね……変な話だ。でも、これで君は、本当の本当に私を値段の付けられない存在にするわけだ」

「そうです」

「素粒子の話を覚えていたんだね」

僕は黙って頷く。

いくら弥子さんに価値があったとしても、引き揚げるのに多額の金《かね》が掛かるようなら、きっと彼女は捜索されないだろう。昴台近くのこの場所は、入り組んだ岩場になっている。海底は緩やかに傾斜していて、沈んだものを更に深くへと運んでいってくれるはずだ。

「上手くいくでしょうか」

「どうだろう。でもまあ、私のことだからきっと鯨のように泳いでいけるさ。そして君は馬鹿なことをした馬鹿な中学三年生として扱われる」

上手く言葉にならない。だって、これはエゴだ。自分が死ぬことで僕が幸せになるだなんて弥子さんに思って欲しくない。今際《いまわ》の際に、そんな未来を欠片《かけら》も想像して欲しくない。だってあのままじゃ、どうあったって僕は三億円の為に死にかけの女の人を誑《たぶら》かした貧乏な子供だ。

他の人にどう思われたって構わない。でも、弥子さんが死ぬ寸前にそんな疑念を一ミリも差し挟まないでいて欲しい。僕の感情が全部綺麗なもので出来上がっているんだと信じて欲しい。

そんな気持ちすら全部醜い気がして、息を詰まらせる。どれを理由にしたら、弥子さんを冷たい海に突き落としていいのか分からない。

「私のことが好きなんだね、エト」

分かり切ったことを、弥子さんが言う。

「そうですよ」

「私もエトのことが好きだよ。うん、出会った時からずっと君が好きだったんだ」

「僕の方がずっと弥子さんのことを、好きです」

「私はエトに全部をあげることで好きを証明しようとしたんだけど、エトは捨てることで証明しようとしてるんだね。愛情ってさ、もしかしたら、捨てるかあげるかしかないのかな」

そうなんでしょうね、と僕は心の中で思う。

「それは、何だか寂しいよね……」

眠たげな声をして、弥子さんが呟く。

そろそろ決めなくちゃいけない。ここで躊躇うわけにもいかないのだ。

僕が肩に手を置くと、弥子さんの身体が少しだけ強張る。

大丈夫ですからね、と僕は言う。

そして僕は、弥子さんと一緒に朝焼けの海に飛び込んだ。重力に従って、僕の視界が反転する。

そういえば生まれてから今まで海に入ったことが無かった。口に入る水が本当に塩辛くて驚く。水の中で身体が浮き上がる。

絶え間なく流れていく水流の中で、ふと二月の鯨のことを思い出した。こんな中で鯨は泳いでいるんだ、と場違いなことを思う。明滅する視界の中で、弥子さんのことを探す。弥子さんのことだけは離さないように、と思っていた手が水を掻《か》く。その時、水に弄ばれていた身体が何かに引き寄せられた。そのまま僕の頭が水面に出る。遅れて、弥子さんが顔を出す。

慌ててその身体を支えようとした瞬間、弥子さんが思い切り僕の頬を張り飛ばした。

「馬鹿か！　何やってんだ！」

弥子さんは今までに見たことの無い形相で怒っていた。濡れた髪から覗く目が怒りに燃えている。それを見て、僕の頭がゆっくりと冷えていく。弥子さんはそのまま黙っていたけれど、不意に力を抜いて泣きそうな顔をした。

「嘘、分かってる。こんな場所に来させた私が悪い。でも、こんなことするとは思わないだろ……。君が死んだら私が殺したようなもんじゃないか……」

「そんなつもりじゃ……」

「どんなつもりだよ。落ちたわけじゃないだろ」

ただ、あの時の感情は説明出来なかった。死にたいと思ったわけじゃない。ただ、弥子さんの身体の強張りを感じた時、このまま一緒に沈むのが正解だと思ったのだ。弥子さんのことを決して離さずに、一緒に海底に行ければいいと思った。

「……本当は、弥子さんと一緒に海の底に辿り着くはずだったんですけど」

「……それは、確かに私も、もう沈むだろうって思ってたんだけどさ」

こうして居る場所だって、足が着くかどうかギリギリの深さだし、一歩踏み出せば後は殆ど谷だ。それなのに、僕も弥子さんもこうして沈まずに生きている。

その時、弥子さんが激しく咳き込んだ。「大丈夫ですか」と言うより先に、弥子さんがああーっ！と大声を出す。

「分かった！　肺だ！」

「肺？」

「そうそう、肺！　肺に空気が入ってるから、上手く沈まなかったんだわ！」

「ああ、そうなんですか」

「それにさ、私は重たい脚の部分が無いから。殆ど浮袋みたいなものだよ！　そりゃあ沈むのもままならないわ」

小さい子供を抱き上げるような格好になっている所為で、弥子さんの顔が見えない。そもそも、こんな状況になってどういう顔で弥子さんのことを見ればいいのだろう。

その時、弥子さんが小さく笑った。

「馬鹿みたいな話だな、こんな、どうにもならないで。どうだよエト、まだ殺したり死んだりしたい？」

「……したくないです」

「ねえ、肺に、肺にさあ、ねえエト、肺に空気がさ」

「ちょっと、笑い過ぎですよ本当に……」

弥子さんの笑い声がどんどん大きくなる。それにつられて、何故だか僕も笑いが止まらなくなってきた。腕の中の弥子さんが震えている。

「──ああ、そうだった、私まだ生きてるからなぁ……」

笑い声の最中、ぽつりと弥子さんが呟いた。

波の音に混じって心臓の音が聞こえる。滲《にじ》んだ視界の端に朝焼けが見えた。しばらく黙っていた弥子さんが不意に言う。

「帰ろうか、エト」

「……そうですね」

僕がそう言うと、弥子さんがしっかりと僕のことを抱きしめた。

好きだよ、と言う弥子さんの声に「僕もです」と言うことしか出来なかった。何の証明にもならない、二人だけの共鳴だった。

実際は『帰ろう』という風でもなかった。海から上がってびしょ濡《ぬ》れの身体を持て余している内に、僕らはパトカーと救急車に捕まった。僕らのさもしい逃亡劇もここまでで、捕まるのは時間の問題だったわけだ。さっきの十数分が偶然に助けられていただけの時間だったことを改めて自覚する。

僕と弥子さんは怒られる間も無く別々の救急車に押し込まれ、あっさりと引き離された。さっきまで腕に抱いていた重みが無くなっただけで、今までのことが現実だったのかどうかも分からなくなってしまう。

救急車に乗る僕は力が無く、弥子さんを殺せるだけの覚悟も無い、未熟な子供だった。だから、いつしか意識を失っていた。あの重みだけが僕の意識を繋《つな》ぎ止《と》める錨《いかり》だった。

そして、次に気が付いた時にはサナトリウムのベッドの上に居た。

「起きたわね」

傍らには仁村さんが居た。何かを言うより先に、彼女の口が開く。

「『海が見たい』って言ったらしいじゃないの」

「……………弥子さんがそう言ったんですか」

「ありきたりな我儘に江都くんを付き合わせて悪かったって」

「……その話、信じてますか？」

「君らは海に居た。それで十分」

仁村さんはそう素っ気なく言って、さっさと十枝先生を呼びに行ってしまった。

十枝先生はいつもと変わらない顔をして、弥子さんの体調が安定していることと、今回の件は弥子さんの我儘にあてられたが故の蛮行になっていることを告げた。僕らのことは昴台の外でも報道されたらしい。

「弥子さんが全部悪いってことになったんですか」

「何だかんだ言って、君はまだ十五歳だもの。他で勝手にどうこう言われるのは覚悟の上でしょ」

そう言われると、僕は最後の最後で弥子さんに迷惑をかけてしまったんだな、と思う。間違いを犯しにいったはずなのに、そのことを思うと辛くなった。ややあって、僕は言う。

「十枝先生はあの時、僕を行かせて大丈夫だったんですか」

「『ビッグ・フィッシュ』って映画観《み》たことある？　っていうのは冗談だとして。そうだねえ、医者倫理ね。あるいは大人としてのモラル。仕方ない。あれはバグだな」

十枝先生はいけしゃあしゃあとそう言った。

「人間はいつでも正解を選べるわけじゃない」

「それ、弥子さんから聞いたんですか」

「医者としての経験則に決まってるでしょ」

十枝先生はそう言うと、おもむろに立ち上がった。

「一週間くらい入院が必要だってことにしておいたから。それ以上は流石に無理だけど。まあそんくらい置いときゃ辺りも沈静化するでしょう」

「あの……お金、」

「払えもしない請求書を見たがるもんじゃないよ。こっちだって暇じゃないんだから」

その言葉と一緒に扉が閉められる。

広さから見て、ここは弥子さんが居た部屋と同じタイプのものだろう。こうして見ると、この部屋は途方も無く広かった。

眠ることも出来ずにぼんやりと窓の外を眺めていると、不意にベッドサイドの引き出しから音がした。慌てて引き出しからスマートフォンを取り出す。

果たして、表示されていた弥子さんのメッセージはシンプルなものだった。

『またいつかやってやろうね』

少しだけ悩んでから、僕は『僕に勝てたら乗りましょう』と返す。程なくして弥子さんから『真似するな』というメッセージが入った。『弱いくせに』というメッセージも合わせて来た。

あの一件から半月が経っても、弥子さんの病状は落ち着いていた。それに付随するように、昴台自体もどんどん落ち着きを取り戻していく。

数は減ったもののマスコミは出入りしていて、僕の家には全国から寄付のお願いや嫌がらせの手紙が殺到していた。家の中の電話線を抜く羽目になったのも、恐らく僕の所為だろう。

意外なことに、母は僕に対して何も言わなかった。

僕が大金をもたらす人間だと思い込んでいるからか、母は責めることなくじっと僕を観察していた。以前ならその目に何か思うところがあったかもしれない。でも、今はもうどうでもよかった。

僕は弥子さんの病室に通う。

僕達はどうでもいいような話をしたり、何を賭けるでもないチェッカーをしたりして日々を過ごした。相変わらず弥子さんは強く、僕は勝てない。

弥子さんの強みは棋譜を沢山知っていることだ、ということを理解した後なので、さもありなんという感想だった。かのティンズリーも、晩年に向かうほど強くなっていったのだという。

「つまり、チェッカーの強さというのは重ねた人生の強さなんだね」

弥子さんは冴えた一手を繰り出しながらそう言った。

「それじゃあ僕は一生弥子さんに勝てないんですね」

「アキレスと亀だ。そうかもね」

僕達の間は埋まることなく、並んで歩けることもなく。いずれ弥子さんの歩みが止まって、僕が追い付けてしまう未来をお互いに了解している。この盤上は僕達の全部だった。

「ああ、エト。つくづく正解だなぁ」

そう笑った弥子さんは、その二日後に歩みを止めた。

弥子さんの直接の死因となったのは、頭の中に出来た小さな硬化だった。金塊病の患者が往々にして迎えやすい死の形だ。眠っている間にそのまま亡くなった、という知らせを受けた僕は、しばし息を詰めた。

元より肺が先か脳が先か、と言われていたくらいだ。苦しまないで往《い》ってくれたのならそれだけでありがたかった。何より遺された僕の為にありがたかった。

仁村さんに呼ばれて病院に向かうと、眠っているような弥子さんに迎えられた。月並みな言葉だったけれど、その安らかさに相応しい言葉が見当たらない。

僕は弥子さんの冷たい手に触れる。

金塊病の患者に死亡判定が出ると、遺体は一週間ほどを懸けてゆっくりと最後の硬化を始めるらしい。

弥子さんはこれから腐ることもなく、あの結晶に侵食されていくのだろう。そして、検体として回収され、あの奇妙な病の解明に身を窶《やつ》していくことになる。

それでもありがとう、出会ってくれて良かった。あの鯨を見つけてくれて、本当に嬉しかった。

気づけば夏が終わろうとしていた。

そして、僕のところには十万円が残された。

＊

あれから半年が過ぎた。

僕は船に乗りながら、手元の封筒の厚みを確かめている。この封筒を受け取ってから、幾度となく繰り返してきた動作だった。弥子さんの真意に触れることが出来るような気がして、辛くなった時や迷ってしまった時に同じことを繰り返している。

死ぬ前の弥子さんが考えていたことに触れる度に、僕が立ち止まることの愚かさを教えてくれるような気がするからだ。

結論から言おう。

弥子さんは例の遺言書に署名をしていなかった。

僕に三億円を譲り渡すという、あの遺言書だ。

その代わり、弥子さんは新しい遺言書を遺していた。

その遺言書では、国から貰えるお金の大半を所属していた大学に寄付することが明示されていた。

三億に上るお金の行方に、世間は随分ザワついたらしい。一番驚いたのは当然ながら僕の母親だった。彼女は何かの間違いだとサナトリウムに駆け込み、一騒動を起こしたらしい。僕も随分詰問された。けれど、僕はそれに答える術を持たなかった。何せ、本当に知らなかったのだから。

ただ、最後の最後で大学に寄付をすると自分で決めた弥子さんのことを思うと、何だかよかったな、と笑いそうになってしまう。

そして大学への寄付の他に、明確に行き先が決められているものもあった。

それが、僕に対する寄贈だった。内訳はずっと二人で使っていたチェッカー盤と駒。そして十万円——正確に言うなら十万と飛んで三百二十六円だ。

チェッカー盤の上に載った封筒を見て、驚かなかったと言えば嘘になる。弥子さんの考えていたことが分からなかった。そもそも、遺言書の内容すら予想出来なかったのだ。弥子さんは僕に三億円を遺したのか、それとも遺さなかったのか。

答えは意外なものだった。十万三百二十六円。この若干キリが悪い金額を当てられるはずがない。

弥子さんから遺されたものはチェッカー盤と封筒だけで、他には手紙すら遺されていなかった。

だから僕は自分でこの意味を解き明かすしかない。悪戯好きのあの人だから、解けない謎を遺していっただけという可能性も往々にしてあるだろう。いつまでも僕が考え続けることを期待しているのだ。

「もうすぐ着くから、忘れ物とかないようにね」

「あ、はい」

船長さんの言葉に頷いたものの、持ち物なんて殆ど無い。最低限の荷物を詰めたリュックと弥子さんのチェッカー盤、それにこの封筒くらいのものだ。

結局、僕は分校卒業と同時に昴台を出ることを決めた。

このことを知っているのは晴充だけだ。

弥子さんが僕に大金を遺さなかったことを知ってもなお、晴充は驚かなかった。

「出るのか、一人で」

卒業間際、本来なら旅行に出るべき辺りで晴充はそう尋ねてきた。お前、やっぱりギリギリまで昴台に居るじゃないか、と思いながら、「そうだよ」と答える。

「出てどうするつもりだ？」

「……サナトリウムでお世話になった先生が居たんだ。その人に相談して、住み込みの仕事を紹介してもらった」

「お前のところのおばさん、怒るだろうな」

「うん。もう戻れないと思う」

「そうだよな」

晴充はそう言って、何かを飲みこむように頷いた。

「江都はそれがいいよ」

「とか言って、晴充も出るだろ」

「意味合いが違うだろ」

晴充の言う通りでもあった。晴充が昴台を出るのと、僕が昴台を出るのとじゃ大きく違う。

「……なあ、晴充」

「いや、何も言わなくていいよ」

そして、晴充は小さく笑った。

「またな、江都。なあ、俺さ、お前が鯨描いたんだって知ってたよ」

「……え」

何だそれ、と心の中で思う。

何だそれ、結構恥ずかしいじゃないか。何も言えずにいる僕に、晴充は言う。

「だから、きっとまた見つけるよ」

一人で進む道は心細かった。弥子さんと一緒に進んだ夜道は少しも怖くなかったのに。

それでも僕は、驚くほど簡単にあの家を脱出した。母親には勿論、北上さんにも言わないで決めた選択だった。

数時間前、家を出ようとした瞬間、北上さんに会った。

あの日以来、北上さんは元のように喋らなくなったし、僕の方ももう二度と件の記事に触れていない。だから、北上さんとこうしてまともに顔を合わせることも久しぶりだった。

北上さんは荷物を纏めた僕を見ても、何も言わなかった。引き留めようともしなかった。僕も改めて何かを言おうとはしなかった。ただ、北上さんの手には、かつて一緒に読んだメルヴィルの『白鯨』があった。

北上さんはこれからも昴台に留まり続けるのだろうか？　もう僕には関係の無い話だ。

関係のない話だけれど、幸せになって欲しいと思った。幸せの定義はまだ全然分からない。

これから僕はとある港町で働くことになっている。海のことは殆ど知らない。ただ、その港の近くではかつて鯨が打ち上げられたことがあるんだそうだ。

これが正解かどうかは分からない。もう少しだけ昂台で耐えて、どうにか生き延びた方がいいんじゃないかとか。あるいは海辺を職場に選ぶことすら、正解かは分からない。

僕は数秒だけ封筒を眺めてから、それをチャック付きのポケットに入れた。入れ違いになるように、ポケットからチェッカーの駒が滑り落ちる。いつぞやの時から入れっぱなしになっていたものだ。それを拾い上げた瞬間、不意に気付く。駒を摘み上げた指を空に掲げる。

そして、駒を取る弥子さんの指を幻視した。

「私の指の一本ですら、それなりの値段で売れるよ」

歌うようにそう言う弥子さんのことを思い出す。

あの人の指の重さはどのくらいだったのだろう。そして、それを金に換算した時の値段はいくらだったのだろう。弥子さんが遺言書を書いた時、十万三百二十六円に匹敵する指は、一体どの指だったのだろう？

「左薬指だったらいいとか言うのかい」と記憶の中の弥子さんが笑う。けれど僕は弥子さんがそれなりにロマンチストであることを知っている。

水平線の向こうに船着き場が見えている。

不安を押さえつけて、ポケットの中の封筒を思う。

今の僕にとって、この十万円はそれなりの大金だ。けれど、僕がこれから生き延びていくにつれ、相対的に価値が下がっていくだろう。大人になることには、そういう側面が確かにある。

ただ、僕はあの人が遺してくれたものの価値を知っている。

およそ価値の付けられないあの時間の価値を覚えている。

頭の中で弥子さんと指した一局を反芻すると、あの時の会話も一緒に蘇《よみがえ》る。負けた記憶の方が、案外記憶に残るのだ。だから、忘れない。

僕はまだ弥子さんに勝っていないのだから。

（了）

あとがき

お世話になっております、斜線堂有紀《しゃせんどうゆうき》です。

「最愛の人の死に価値が付けられてしまった人間は、その価値にどう向き合えばいいのか」あるいは「人間の感情は証明出来るのか」の話でした。『貴方《あなた》が大切なんだ』という気持ちも『ずっと忘れない』という言葉も、証明は出来ないけれど、それでもそれは灯台になるのだという話でもあります。そして、夏の終わりに訪れるはずだったビターハッピーエンドに最後まで抵抗した無謀な少年の話でした。

チェッカーは美しいゲームだと思います。シンプルで面白くて、きっと数百年先もシンプルで面白いゲームであるだろうところが好きです。

今回も担当氏を含む沢山の方々にお力添え頂きました。前作に引き続き、素敵なイラストを添えてくださったくっかさんに格別の感謝を申し上げます。

最後に、こうして著作を手に取ってくださった皆様、各所でずっと応援してくださっている方々へ重ね重ね御礼《おれい》申し上げます。皆様のお陰で私は今日も小説を書いています。これからも精進いたしますので、何卒《なにとぞ》よろしくお願いいたします。

■参考文献

レベッカ・ゾラック、高尾菜つこ訳（２０１６）『図説　金の文化史』原書房
鯖田豊之（１９９９）『金（ゴールド）が語る20世紀―金本位制が揺らいでも』中央公論新社
増川宏一（２０１０）『盤上遊戯の世界史―シルクロード遊びの伝播』平凡社
田中哲朗（２０１３）「ゲームの解決」、『数学　65巻　1号』２０１３年、p.93‐102
岸本章宏（２００７）「チェッカー解明秘話」〈https://ipsj.ixsq.nii.ac.jp/ej/?action=repository_uri&item_id=65815&file_id=1&file_no=1〉
産経新聞、日本将棋協会、銀杏・書き起こし「ヒューリック杯棋聖戦中継ｐｌｕｓ　２０１５年６月15日(月)付　前夜祭トークショー」、〈http://kifulog.shogi.or.jp/kisei/2015/06/post-28bb.html〉

本書は書き下ろしです。

◇◇メディアワークス文庫

夏《なつ》の終《お》わりに君《きみ》が死《し》ねば完《かん》璧《ぺき》だったから

斜《しゃ》線《せん》堂《どう》有《ゆう》紀《き》

2019年7月25日　初版発行
2025年5月30日　19版発行

発行者　山下直久
発行　株式会社KADOKAWA
〒102-8177　東京都千代田区富士見2-13-3
0570-002-301（ナビダイヤル）
装丁者　渡辺宏一（有限会社ニイナナニイゴオ）
印刷　株式会社KADOKAWA
製本　株式会社KADOKAWA

●お問い合わせ
https://www.kadokawa.co.jp/（「お問い合わせ」へお進みください）
※内容によっては、お答えできない場合があります。
※サポートは日本国内のみとさせていただきます。
※Japanese text only

※定価はカバーに表示してあります。

Printed in Japan
ISBN978-4-04-912583-2 C0193

メディアワークス文庫　https://mwbunko.com/

本書に対するご意見、ご感想をお寄せください。

あて先
〒102-8177　東京都千代田区富士見2-13-3
メディアワークス文庫編集部
「斜線堂有紀先生」係

◆◇◇